ibuse masuji

井伏鱒二

講談社文芸文庫

目次

釣師・釣場

三浦三崎の老釣師《つりし》

去年の正月、三浦三崎の岬陽館《こうようかん》主人のよこした年賀状に「三崎の老釣師《つりし》で鯛釣《たいつり》の名人を御紹介したいと思いますから、近いうちに一度お出かけ下さい」と書いてあった。私は神経痛の持病があるので、このごろでは釣は専《もっぱ》ら理論だけにしているが、先日、ふとその年賀状のことを思い出して三浦三崎へ出かけて行った。鞄《かばん》を岬陽館にあずけ、宮川春吉という老釣師を紹介してもらって城ヶ島の沖へ釣に出た。船は発動機のついた普通の釣船である。

春吉さんは明治二十二年生れ、九歳のときから海釣をやりはじめたそうである。幼くして専門の釣船に乗組むようになったので、当時の漁師の慣わしから学校にはあがらない。時化《しけ》のときお寺へ行って和尚《おしょう》さんから手習いを教わるだけである。それでも、十三、十四、十五のころはお寺の夜学に通っていた。十七歳のころからは、人を五、六人も頼んで沖へ出るようになった。年のうち二箇月くらいは千葉へ漁に行き、伊豆の稲取《いなとり》、妻良《めら》などへも出かけていた。釣った魚はその土地の魚問屋に売るのだが、問屋はよそから来た漁師を泊める納屋《なや》を何軒も持っているので、その納屋に泊っていた。

「俺《おれ》はそんなことを、さんざんやった。四、五噸《トン》の帆掛船でマグロ釣をやるのだね。それが十七、十八、十九のころで、明治四十二年からは房州のクジラ船に乗ったもんだ。クジラ船は、電気チャッカー、瓦斯《ガス》エンジン、焼玉エンジンなど、いろいろさまざまだ。一年一年、いい機械が出来て来たね。三十五、六のときはサバ船に乗った」

春吉さんはそう云《い》った。

大正の末に大地震が揺れたときには、春吉さんは船にいたので碇《いかり》をおろして津波に流されないようにした。西から来る津波の方が強かったが、東から押寄せる津波も城ヶ島より五、六メートル高く盛りあがっていた。もしその水が陸に押寄せたら三崎の町はつぶされるのだが、西から来た津波とぶつかって、三崎の町から城ヶ島まで海の底が干あがってしまった。地球が傾いたのではないかと思われた。ところが、水は干あがったきり押寄せて来ないので、町の人は笊《ざる》を持って元の海の底へ魚を拾いに行った。今、岬陽館にいる女中のお袋なんかも、あのときには笊を持ってサザエを拾っていたと春吉さんが云った。

城ヶ島の沖は海底に砂のところが少くて、殆《ほとん》ど岩ばかりの断崖《だんがい》つづきになっている。それで、タイ釣の場合はどうすればいいか、ハタの場合はどうすればいいか、クロダイの場合は、ブリの場合は、ヒラメの場合は……と春吉さんがいちいち説明してくれた。私はタイを釣りたいと思ったが、今年は餌《えさ》にするエビが手に入らないそうで、春吉さんはハタ釣の餌にする生きたアジを何尾か船の生簀《いけす》に入れていた。そのアジの鼻の穴に釣鉤《つりばり》をさして餌にする。アユの友釣に使う鼻環《はなかん》とは趣が違って残酷なほど太い釣鉤である。

いい凪《なぎ》で空は晴れ、潮の満ちきる直前であった。春吉さんは城ヶ島の東の端と西の端と、その向うに霞《かす》んでいる山を睨《にら》み合せて謂《い》わゆる山を立てた。東の端は安房崎《あわさき》と云い、西の端は長津呂《ながとろ》岬である。この二つの岬を結ぶ線に対し、三角形を描いて直角になる頂点の位置で船のエンジンを止めた。ここの海では、この位置が満潮直前の釣場である。

春吉さんはアジの生餌《いきえ》をつけて釣りはじめた。私も道具を借りて試してみた。ハリスはテグスの一分四厘《りん》、道糸は四分の太さ。四分と云えば、ハヤ釣なんかに使う四毛の糸の百倍の太さである。

「ここら辺、深さが五十尋《ひろ》ある」と春吉さんが云った。「錘《おもり》が底に届いたら、三尋たぐって。ぱくっと来たら、あわせて、魚がゆるめたら、かまわず締めて」

云い忘れたが、船のなかには二人のほかに、私の連れの丸山泰司君と岬陽館の主人がいた。

五十尋の深さだから確かなことは云えないが、錘から受ける手応《てごた》えでは、海底は変化の多い形をしている岩盤のように思われた。三尋たぐって待っていると、不意に錘が岩に引っかかったような手応えを受けた。少しゆるめると、ぐっと引張るので、春吉さんに教えられた通り、かまわず締めた。すると、抵抗がちょっと薄らいだが、相手は馬鹿力《ばかぢから》のある魚のようであった。二度目の強力な抵抗を見せた。やはり岩かもしれないという疑いが起った。いや、魚だと思った。

二十尋ばかりもたぐったとき、三度目の強い抵抗があった。あとは、引く力が次第に薄らいで、私が三十尋もたぐったとき、

「来た」

と春吉さんが云った。

私は脇見《わきみ》をする余裕のある筈《はず》はなかったが、

「やあ、でっかいなあ」

と丸山君が云ったので、春吉さんの方を見た。

大きな魚が大きな口をあけ、すっと縦に立って浮きあがっている。春吉さんは舷《ふなばた》から手を伸ばして、タモ網も使わずにその魚の口のはたをつかまえて船に引きあげた。そのとき私は、四十尋ぐらいたぐっているところであった。糸をたぐる技術の上でそれだけの差が見える。

ハタはタイと同じく深海に住むから浮袋が大である。その浮袋の浮力で手応えが次第に少くなる。あと五、六尋ぐらいのところまで上って来ると、水の抵抗を覚えさせるぐらいなもの。あとはもう魚が、

「やあ、今日は」

と云うように、海中から大きな口をあけた姿を見せてくれる。

丸山君はタモ網を手に持ったが、

「それじゃ駄目《だめ》だ。こっちでなくちゃ。俺の釣った方より、でっかいな」

と春吉さんが、大きい方のタモ網で掬《すく》いあげてくれた。

大きなハタであった。私は今までにこんな大きな魚を釣ったことがない。

「記念撮影しますからね」

と岬陽館の主人が、二尾のハタをカメラで撮影した。

春吉さんは魚の尻《しり》に割箸《わりばし》ほどの竹を突っこんで腹の浮袋をつぶした。タイと同じく浮力がありすぎるので、二つ繋《つな》っている浮袋の一つをつぶさないと、生簀に入れても引っくりかえって虫の息になる。

次に、船を元の位置になおしてからやってみた。ごつんと手応えがあったので、

「来た」

と、合せたつもりで縮尻《しくじ》った。すると、殆ど同時に、

「来た。いや、取られた」

と春吉さんが云った。

引潮になったので、餌の流れる向きが変って、棚《たな》の下にいる魚が喰《く》いつき難《にく》くなったのだそうだ。春吉さんは東寄りに船の位置を変えた。私は丸山君に道具を渡そうとしたが、

釣りたくないと云うので岬陽館の主人に渡した。この人は海岸町で育った人だから釣も上手な筈だと思われるのに、錘を入れて暫《しばら》くすると岩に引っかけた。春吉さんはその糸を受取って、船の位置を少し変えるだけのことでうまく抜きとった。五十尋の海の底が見えるようなものである。

私は引潮だから止《よ》した方がいいと思った。しかし、止すと云っては船頭に対して失礼に当るので、

「船に暈《よ》ったから帰ろう」

と、嘘《うそ》を云って引返してもらうことにした。

生簀のハタは、春吉さんの釣った方は側面に横縞《よこじま》を見せて正しい姿で口を開閉させていた。私の釣ったハタは浮袋をつぶしてなかったので、裏返しになって色が赤味を帯び、微《かす》かに口を動かしていた。

船のなかに妙な釣道具があったので春吉さんに聞くと、ヒラメの底引をする道具だと云った。アメリカ兵の軍服の腕章のような形をした板に、一分四厘のハリスを垂らして擬似《ぎじ》鉤《ばり》を一本つけてある。板は横幅六寸、縦幅一尺二寸。裏側に山型の鉛をつけ、上から三分の一ぐらいなところに道糸をつけている。鉤は牛骨で鞘型《さやがた》にしてあるので、水のなかで引張られるとぐるぐる廻《まわ》る。だからヒラメがそれに飛びつくという仕掛である。牛角は斑《ふ》があって、色にも変化のあるのがいいそうだ。

「ヒラメがこれにかかると、板がすっと軽く上って来る」と春吉さんが説明をした。「魚が板を下に引張るから、板が裏返しになって上に向いて水を切るわけだ。魚が来ないと、板を引きあげるのに相当に難儀をする。締めれば締めるほど切り込んで来る」

誰が発明したのかと丸山君が聞くと、

「今年の二月、千葉の漁師に教わった」

と云った。

これは非常によくヒラメの釣れる道具だそうである。しかし、この種の釣では船の速力が問題である。ヒキナワをするときの速さかと聞くと、

「いや、もっとスローにする。エンジンを落すんだ」

と春吉さんが云った。

港に帰って来る途中、春吉さんは通りすがりの漁船に手を振って、私の釣ったハタを生簀から取出し、魚の口のはたをつかんで高く差上げて見せた。向うの船の船頭は手を振って歓声をあげた。

「大漁幟《たいりょうのぼり》はないのかね。幟があったら立てようじゃないか」

私がそう云うと、

「そんなものはねえ」と春吉さんが云った。「しかし、三年前から、こんなでっかいハタを見たのは初めてだ」

私の釣ったハタは私が持って帰ることにして、春吉さんの釣ったハタは丸山君が買って帰ることにした。岬陽館の主人は、中番がその荷造りをする前に、玄関さきに秤《はかり》を持ち出して魚の重さを計った。中番は物尺《ものさし》を持って来て長さを計った。玄関さきには通りすがりの人が寄って来て、かなり派手な人だかりがした。

「しかし、僕が持って帰ったって、市場で買って来たと云われるだけだ。嘘をついていると云われるだけだ」

　私がそう云うと、岬陽館の主人が、

「では、証拠物件をつくりましょう。現像が出来たらお送りします」

と云って、魚の載っている秤の目盛にカメラを向けてシャッターを切った。

　私の部屋の受持女中が、

「お客さん、ほんとにお釣りになったんですか」

と怪訝《けげん》そうな顔をした。

　先《ま》ず、ざっとこんなもんだと云いたいところであった。

　岬陽館の主人は私に魚拓をとれと勧めたが、

「そんなのは、素人《しろうと》がするそうだね」

と私は云った。

　釣に出たのが十時前で、帰って来たのが十二時である。丸山君は春吉さんに昼飯を食べて行くように勧めたが、弁当を持っているから帰って食べると云った。私は春吉さんを送って階段を降りながら、今度また船に乗せてくれるかと聞いてみた。すると春吉さんが云った。

「そりゃ乗せてあげてもいいが、そうそうあんな漁があると思っちゃ困るんだ」

私と丸山君は、宿の主人が船に持って行って持ち帰った弁当を食べた。その部屋に馬場孤蝶《こちょう》先生自画讃《じがさん》の額が掛っていた。私はこれに見覚えがある。

二十五、六年前の話になる。私は十人ちかくの人たちと馬場先生のお供をして油壺《あぶらつぼ》の見物に来て、ここの岬陽館に泊ったことがある。そのとき宿の女将《おかみ》が画箋紙《がせんし》を持ってきて、馬場さんに揮毫《きごう》をお願いした。すると馬場さんは、

「僕はいつも同じことしか書かないんでね。どこに行っても同じことを書いている」

と云いながら筆を執って、さらさらさらと一枚に書き、また別の一枚に書いた。

一つは鰹《かつお》の絵に「海見えて若葉の道よ伊豆相模《さがみ》」という讃である。もう一つは三味線《しゃみせん》の絵に「一葉の住みし町なり夕しぐれ」という讃である。掛額にしてあるのは鰹の絵だが、紙が新しく見えるので宿の主人に聞くと、三年前に表装したということであった。のびのびとして、気持のいい筆蹟《ひっせき》である。

私は学生のときにもこの町に来たことがある。そのときには初め大島へ行くつもりで船に乗った。ところが観音崎から時化に遭って、船が浦賀の港に避難して欠航になったの

で、その町の徳田屋という宿に泊った。翌日、徒歩で三崎に行き、北原白秋の家はどこだろうと、ぶらぶら歩きまわってから宿に着いた。それが何という旅館であったか覚えない。ただ、覚えているのは、その宿は海に向って岸壁を控えていたことだけで、岸壁の下はちょっと水深ありげで漁船が着いていた。この宿が岬陽館であったかどうかわからない。馬場さんと来たときの岬陽館も、やはり岸壁を控えて建っていたが、大地震で隆起したという岩礁《がんしょう》が水際《みずぎわ》の近くに見えていた。今ではその浅瀬も埋立てられて大きな冷凍会社が建ち、舗装道路が通じている。

北原白秋は二十九歳のとき、一家をあげて三崎の向ヶ崎というところに移住したと云われている。厳父が事業に失敗して白秋のところに身を寄せたので、家運再興のためここで魚の仲買業を始めようとしたものだという。そのころ島村抱月から船唄《ふなうた》の作詞を頼まれて、新民謡「城ヶ島の雨」を作った。内海延吉氏の「三浦町史」には、白秋の新民謡は殆ど三崎時代の作に限られて、軽妙な掛言葉は三崎の口唱文学の影響があるようだと云ってある。

さて、老釣師春吉さんの風貌《ふうぼう》だが、九歳のときからの船頭だから船に乗ると大した貫禄《かんろく》が出る。顔の深い皺《しわ》に、焼玉エンジンの音がぴったり浸《し》みこんで行く感じである。多年潮風に当って来た関係で、目はどんよりしているが視力は強靱《きょうじん》この上もない。山を立てるときも、私の目には霞んで見えない山を目標にした。私がハタを釣落したときに糸をあ

げ、場所を変ってからアジを海に入れた途端、

「餌がはずれそうだ」

と目ざとく見咎《みとが》めた。

見ると、そのアジの鼻の穴の片方に鉤の先が僅《わず》かに掛かっていた。前に釣落したときの衝動で、鉤が抜けかかったままになっていたのだろう。

春吉さんの話によると、城ヶ島の沖で釣れる主なる魚は、タイ、ヒラメ、イサキ、ブリ、キンメダイ、イカ、ハタ、クロダイ、アジである。アジは、ちょっと行っても十貫目、十五貫目は釣れると云っていた。

外房の漁師

九十九里ヶ浜でサバがものすごく釣《つ》れているという話を聞いた。イルカの大群がサバの群れを岸の近くに追って来て、沖に逃がさないように包囲しているのだそうだ。だから連日にわたって、入れ食いで釣れているという話であった。場所は外房の大原付近である。

イルカの大群が九十九里ヶ浜に押寄せると、太平洋をイルカで覆《おお》いつくした感じに見せると云《い》われている。包囲されているサバの群れとしては、蟻《あり》の這《は》い出る隙《すき》もない状態で、袋の鼠《ねずみ》のような環境に置かれた身の上である。渚《なぎさ》に接近して、釘《くぎ》づけにされているよりほかに仕方がない。そこへ人間が浅瀬のなかに立ちこんで、上等の餌《えさ》のゴカイをリール竿《ざお》で放《ほう》りこむのだ。烏合《うごう》の衆のサバは人間の烏合の衆にそっくりで、先を争って本能的に餌に飛びついて来る。

私はその話を聞いたとき、相当に法螺《ほら》があるのだろうと思った。ところが、間もなく大原の日在《ひあり》というところの或《あ》る釣好きの隠居さんが、サバを釣っていて腰を抜かしたという話を聞いた。夢のようにサバが盛んに釣れるので無我夢中で釣っていると、不意に三匹のイルカが浜に打ちあげられて暴れまわり、びっくりした隠居さんは腰を抜かしたという。このイルカはサバを追って来た途端、勢いあまって寄波に押しあげられて来たものである。隠居は危く波にさらわれそうになった。そこへ三人の若者が駈《か》けつけて来て隠居を助け、棒を持って来るや否《いな》や、暴れまわっているイルカを叩《たた》き殺したそうである。

この話には可成り確実性があると思われたので、私は（釣師の話を聞く必要もあったので）イルカの大群を見に大原に行った。つい先日の、寒い日であった。ここの日在という漁師原に、私の知っている松崎松雄というチャカ船の船頭がいる。以前はサザエやアワビを捕る潜水夫の船に乗っていたそうだが、一昨年からヒキナワ専門のチャカ船に乗っている。この船はモーター付きで東京荻窪《おぎくぼ》の所一哉君の持船である。一哉君は冗談半分に私の実名をとってその船に満寿丸と名前をつけ、船側に書きこむ大きな文字も私に書かした。一哉君は私にも一度この船に乗れと云うが、二噸《トン》半の小さな船だから九十九里の怒濤《どとう》を見ると乗る気がしない。船頭の松雄さんも私が乗ると邪魔だから、一昨年の秋も私が大原に行くと夷隅《いすみ》川のハゼ釣の船を紹介してくれた。

松雄さんに聞くと、イルカの大群はもうとっくにどこかに行ってしまったと云った。イルカを撲《なぐ》り殺した三人の若者は、それを共同の漁獲物として、漁業組合に売ったそうである。

「イルカの肉は食べても不味《まず》いし、売っても一貫目十五円です。わざわざイルカを捕るような漁師は、ここには一人もありません」

と松雄さんが云った。

松雄さんはこの土地の田中浅吉さんという老漁夫と、酒田利さんという釣の上手な漁師を宿に連れて来てくれた。浅吉さんはナワ船の漁師でヒキナワを何十年もやって来たそうだ。この老人は話の途中にわざわざ家に行って、九十九里ヶ浜の謂《い》わゆるテンテン釣や、ハイカラ釣や、ヒラメの板ビキの道具を持って来て見せてくれた。

利さんはチャカ船の船頭で、十四のときからヒキナワを専門にして来た漁師である。手の指に大きなタコが幾つも出来ている。敏《はし》っこい目つきである。

「私は親子四代の漁師です。今日は電探で海の底を見てタイ網を仕掛けました。さっき沖から帰って来たばかりです。これが今日電探で写した魚群の群れです」

と利さんは、電波探知機で写し取った海底の群れを見せた。

一見、それは巻紙のように横に長い紙である。何という名の紙か聞きもらしたが、三十尋《ひろ》も四十尋もの海底の岩礁《がんしょう》や窪みや魚群が、焼絵のように茶色になって現われている。ところどころ、海面から海底に向けて雨脚のような斜線がついている。

「この線は、ヒキナワをやりながら電波を強くしたので、ナワが写ったんです。電波を強くしたところだけ、こんな線が出ています」

海底は陸と同じように起伏があって、鋭く出っぱったところはみんな同じ方角に傾いている。船の向きを変えてそれを写したところは平たい高台のように写っている。その高台が、即《すなわ》ち根《ね》と云われる部分である。

「海の底の根は、必ずその付近の陸地の山と同じ方角に傾斜しているものです。この辺の海では、陸の山がそうであるように、みんな勝浦の方に向いています」

根のところに見える魚の群れは、胡麻《ごま》を集めたような斑点《はんてん》となって現われている。それも根の向きに対して、みんな鋭い傾斜を持っている方に片寄っている。廻遊魚《かいゆうぎょ》の場合は別として、居着きの魚の動きは根の向き具合と何かの関係を持っているのではなかろうか。

しかし海のなかの魚群の動きは陸地では想像もつきかねる。潜水夫は海底が暗がりになるほどの魚群に遭遇することがあるそうだ。利さんの話では、この大原の沖に大根《おおね》といって、この浜の漁師たちの取って置きのタイの釣場がある。ここに糸をおろすと必ず大きなタイが釣れる。釣れなければ汐《しお》が悪いのだから網を入れる。すると、必ず獲《と》れる。ボチ根と云って、根の両側が底地の砂原になっている。そのボチ根の片方の砂原は十八尋、片方の砂原は、三十二、三尋。これを両脇《りょうわき》に控えた根は十五尋から十六尋である。深い方の砂原には、どこかに沼のような泥土《でいど》の箇所があって、タイの好物である蛹《ゆ》が発生しているに違いない。波にうねりが出ると蛹が出て来るのでタイが食いに来る。そこに漁師が釣糸を入れる。タイは仲間が釣られるので根の高みに逃げて来る。すると、そこには海藻《かいそう》や枯木に似た甲殻類《こうかく》の遺体が混在するので、漁師が釣糸をおろすとそれにからまれて切れてしまう。その代りにサメがやって来てタイをいじめるので、タイはボチ根の砂原に降りて来る。そこを釣師が釣る。タイはまたボチ根に駈けあがる。

「それを繰返しているのです。行ったり来たり、同じ繰返しをしているのです」

と利さんが云った。

「タイの餌には蛹《ゆ》が一番ですが、買ったら高い高い。闇米《やみごめ》と同じ相場です」

と浅吉さんが云った。

「私なんか、タイを釣るときには」と利さんが云った。「最初に釣った一尾の、腹のなかのものを見ます。鰓《えら》から指を突込んで、何を食べているか見るのです。腹を割いて見たのでは、その魚は売れないことになってしまいますから」

このボチ根の在る場所は、大原の少し北寄りに当る太東岬《たいとうさき》から六里強の沖で、岬の真沖に当る。大原の小浜から小船で三時間である。山を立てるには、太東岬のお宮の松と、オオダキ山を見通して、その間にマンギの城山を入れ、海の深さを見るのだそうだ。太東岬には灯台がある。

当然、この釣場には東京の釣師が年中やって来る。案内は紀州から来て土着している漁師が引受けているが、ここに来るほど釣師は上手だから、二人より数が多いときには分乗させられる。金にして漁師の日当より以上に釣るからである。

「ここでは、一日千五百円が漁師の日当です。一人のお客が三貫目も釣れば、三千円から三千五六百円ですからね。それが二時間くらいの間です。東京の釣師は本当に釣がうまい。漁師よりも上手だっぺ」

と利さんが、浅吉さんに云った。

しかし汐が悪くては駄目《だめ》である。ここの海では、西風のときには沖に行くほど強く吹き、直汐となって北の銚子《ちょうし》の方へ流れて行く。これはよろしくない。岡から海へ吹く場合には、逆汐となって銚子から反対の方へ流れて行く。これはいい。東から南へ吹くと、すぐ海上にうねりが出来て荒れて来る。これは無論よろしくない。南西、北西の風のときは、波に変化がないから小船には悪くない。東の風、南東の風はよろしくない。合の凪《なぎ》と云って、銚子の方と勝浦の方と、双方から吹く場合は凪《な》いで来るから悪くない。一日に一回くらいこの凪がある。

ここでは西風をナザカゼと云い、これの強いのを大西と云う。東風はイナサ、北西風はナライ、南東の風はオキモンと云う。寒流は滅多に来ないが、これはナッパ汐と云って薄緑色をしているからすぐ分る。寒流が来るときにはよくアザラシが流れて来る。捕ると警察が調べに来てうるさいから捕らないが、船のそばに来たときイワシを投げてやると上手に口に銜《くわ》えるそうだ。南へ南へと流れて行くアザラシは、その果てにはどこへ行くのだろうか。どの辺から北へ帰って行くのだろうか。

タイは大原で揚がったものは上物だと云われている。大原からちょっと南寄りの勝浦のタイは、東京の魚河岸へ持って行くと一貫目について大原のタイより二百円の値がさがる。それで勝浦の担《かつ》ぎ屋のうちには、往復六十円の汽車賃で大原に持って来て納めるものがある。四貫目も持って来れば日当になるのだそうだ。

タイはお祝いの魚だから、東京のお屋敷に直送するときには体の曲りかたに気を配る必要がある。氷を浮かせた槽《ふね》に入れて尻尾《しっぽ》を左に曲げる。氷に触れると赤い色も一段と赤く冴《さ》えて来る。この前、岸大臣就任のお祝い用に、東京の或るお屋敷からタイを三尾すぐ送れと註文《ちゅうもん》があった。一尾千円でもいいから、なんでもかんでもすぐ送れと急がせるので、タイの曲げかたを間違って三尾のうちの一尾を右に曲げて気がつかないで送った。すると、註文主のお屋敷から大変なお叱言《こごと》が出て、一尾について二百円ずつ値切って来たのでこちらは泣き寝入りをしたという。

浅吉さんはヒキナワの道具を見せて説明してくれた。私も以前、伊豆の大島沖や下田沖でヒキナワをしたことがある。そのとき私が漁師から借用していた釣道具は、ハリスが軽金属の細い針金であった。擬似鉤《ぎじばり》は鶏の薄茶色の羽で、短冊型《たんざく》に切ったフグの皮が四枚かか五枚かついていた。フグの皮は、魚が羽をむしるのを防ぐためと、イカのように光を帯びさせるためである。軽金属の針金は、大島に墜落した陸軍の練習用飛行機から漁師が盗み取ったものだということであった。この漁師たちは墜落した飛行機の部品を土に埋め、漁具として必要な部分を必要なだけ盗みに行き、あとはまた土をかけておくのだと云っていた。その漁師の釣りかたは、十噸内外の発動機船をフルスピードで走らせながら、ときどき泥土のかたまりを海に放り込む。魚がきたらスローにする。大島沖ではワラサが一尾釣れた。下田の近くでは寒明けのブリが一尾釣れた。

浅吉さんの見せてくれた道具は大仕掛のものである。ハイカラという漁法用のものは、ナイロンのハリスを枝にして二十五本の擬似鉤がついている。牛の角でつくった平たいヒキヅノに、桃色に染めた白鷺《しらさぎ》の羽を付け、短冊型に切ったフグの皮をあしらった擬似鉤である。昔は鶏や雉《きじ》の羽を付け、ブリ釣のときはレグホンの白い羽、マグロ釣にはプリマスロックの雉羽をつけていたが、十年前から白鷺の羽を染めて使うようになったそうだ。

「夏は、橙色《だいだいいろ》に染めた羽にします。秋から冬は、赤く染めた羽、寒中は空色です」

と浅吉さんが云った。

「春になると、どんな色にしますか」

春の九十九里では大きな魚は釣れないのだそうである。春は沖に白魚がいっぱいに押寄せて来て、大きな魚はこれに食い飽きるから鉤にかからない。アグリ船の網で獲るのだそうだ。

「ヒキナワをするときには、必ず汐の上から下に向けて引くのです。汐が流れると、餌のある場所を汐が下から下から掘って餌が出て来ますから」

と浅吉さんが云った。

「ヒキナワの漁法は、九十九里では南北朝時代からやっていたそうです。文献に出ています」

と利さんが云った。

ヒキヅノは房州では朝鮮ヅノと云っている。ハリスの通る細い穴があいていて、魚が食らいつくとツノが上に跳ねあがるので羽を痛めない。たいていは牛の角でつくられているが、カモシカの角、象牙《ぞうげ》、ベッコウ、クジラの歯の方が食いがいい。ギンバリと云って銀紙をベッコウで挟《はさ》んだヒキヅノもある。夜光塗料を施したものもあるそうだ。

これを道糸の五尋ごとに、一尋半のハリスで枝なりに付けて行く。タイ釣の場合には、この枝糸を六十五本つけるのだ。ナマリは三百匁《もんめ》。ハリスは一分四厘《りん》、長さ二メートル、鉤は寸三から寸五。道糸は防腐剤を施した綿糸の十五号から十八号、長さは四百二十尋。

「こんなのを笊《ざる》に入れておくのです。一つの笊を一鉢《はち》と云って、一艘《そう》の船に三鉢ずつ乗せて沖に出ます。フルスピードで走らせて、あげるときには、そろそろです」

ハイカラ釣というのは、名ばかりハイカラで荒っぽい釣である。全部の鉤を魚が食ったら道糸がたまらない。十五、六尾のところが理想だが、たぐるのに十五分から二十分かかるから、他の鉤にも魚が食らいつくおそれがある。五、六尾のとき揚げるのがいいそうだ。

浅吉さんはヒラメの一本鉤の仕掛も見せてくれた。生のイワシの胴に鉤を突刺して、糸でイワシをぐるぐる縛ってある。房州ではテンテン鉤と云っている。ナカナマリはアイスキャンデーのような恰好《かっこう》で、真鍮《しんちゅう》のテンビンが付いていて二百十五匁から二百九十匁。イワシの頭に密接してカブラナマリの十二匁から十三匁ぐらいのがつけてある。イワシがナマリの枕《まくら》をしていると思えばいい。

「これを海の底におろして行くと、こうなります。揚げると、こうなります」

浅吉さんは、イワシの頭を下に向けてダイヴィングさせ、上に向けて揚げて見せた。イワシはナマリの枕の重さで真逆さまに海底に頭を打ちつけて、引揚げられるときには忽《たちま》ち頭を上に向ける。

「海の底にナマリが届いたら、二尺くらいの高さに揚げて、またおろします。こつんこつんと、これを繰返します。ぐっとヒラメが食らいつく。さっとしゃくる」

しゃくるとき、ここの海ではどの程度しゃくるのが適当とされているか。

「矢引きほど」

と、浅吉さんは、素早い手つきで糸をしゃくって見せた。

浅吉さんはヒラメの板ビキの道具も見せてくれた。私は先々月、これと同じ道具を三浦三崎で見せてもらった。三崎の漁師は、去年この漁具の仕掛を房州の漁師から教わったと云っていたが、房州の漁師も去年これを知ったそうだ。海の漁法は川の漁法よりも早く伝《でん》播《ば》して行くようだ。私は数年前、青森に行ったときアユの友釣をしている人から聞かされたが、その年から十八年前に東京の師範学校の卒業生が初めて友釣の仕方を青森に伝えたという。紀州の川で行われていたという片手網の漁法は、大正の末年に土佐の川に渡り、昭和五年から六年頃に日向《ひゅうが》の川に伝わった。私の郷里の備後《びんご》では片手網をやっている人はまだ一人もない。友釣は一昨年あたり初めて入って来たと云う話を聞いた。

ヒラメの板ビキは北海道のスズキ釣から発祥したもので、北海道では杓子《しゃくし》型の板を使っていたと云われているそうだ。この漁法を大原に移入した人は、初めのうちは仲間の漁師にも親兄弟にも知らせなかった。仲間の漁師の釣る十倍も釣りあげるので、みんな寄ってたかって訊《たず》ねても教えない。船を近づけて行くと釣具をどこかに隠してしまう。船からあがるときには胴巻のなかに隠している。

「ほかの漁師は、こういうんだっぺ、ああいうんだっぺと云うだけで、どんな仕掛かわからない。なかには腹を立てて、船をどしんとぶつけた漁師もあったんです。あんまり強情なんで、その男、とうとう仲間はずれにされました」

と利さんが云った。

板ビキの板には牛の角のヒキヅノをつけ、その先に赤い羽と鉤がついている。板は上部が山型にとんがって、水を切ると同時に深度を保たせる潜入板自体である。ヒラメが鉤に食いつくと、ハリスで板を下部から引張って板は上向きになる。従って船の速力によって板が水を切って浮きあがって来る。迅速の操作が自然に行われるわけである。ヒキヅノはセグロイワシを髣髴《ほうふつ》とさせるためだから、ベッコウ色のものがいいと浅吉さんが云った。(三浦三崎の漁師は斑点のあるのがいいと云っていた。) 形は細長くて平仮名のくの字型に曲げてある。ぐるぐる水の底で急廻転させるためだろう。この漁法だとヒラメが獲れすぎる。だから九十九里では禁止になったそうである。

利さんの話によると、紀州や志摩の漁師は非常に釣が上手である。去年も紀州から老練な漁師がやって来て、ヒキナワでブリやイナダやイサキを釣りまくって大量の水揚げをした。その漁師が神経痛で岡へあがって寝こんだので、利さんは見舞にかこつけて、

「冥土《めいど》の土産にするから」

と懇願して道具のいっさいを教わった。

「ヒキヅノの代りに、フグの皮の表を硝子《ガラス》のかけらで削って、こういう形にします。それを鉤から、ずっと離して二枚つけるんです」

利さんは鋏《はさみ》で紙ぎれを切ってその模型をつくった。先の平たいペン先の形である。ペン先ならば、割れ目の行きどまりの穴といった部分にハリスを通す。

イナダ釣ならフグの皮を長さ五分から八分にする。ブリなら二寸、イサキなら三分である。これを幾つも枝なりにつけてヒキナワをする。紀州や志摩の漁師はヒキナワのことをケンケと云っているそうだ。

私は数年前、福田蘭童《らんどう》さんの漁船に便乗して湯河原沖へ釣に出た。そのとき蘭童さんがフグの皮の干したのを一寸くらいの長さの短冊型に切って、二枚をチョンガケにして釣る方法を教えてくれた。その皮の表は削ってなかった。蘭童説によると、フグの皮は海に入れると紫色に見えるので魚が来る。しかし汐がそのときには悪かったので、その仕掛では釣れなかった。

ふと私は、もう一つの蘭童説を思い出し、利さんに赤風船を使用するときの釣果《ちょうか》を聞いた。利さんはお宮の祭日に大きな赤風船を買い占めにして試したが、どの風船でやってみても、みんなすぐべとべとになって役に立たなくなったということだ。

釣のときには水温を見る必要がある。利さんの説によると、初め糸を海に入れて引きあげると、ナマリを摑《つか》んで冷却度を見るのを忘れてはならないのだ。どんな魚でも十六、七度が一ばんよく釣れる。これはサンマのいる汐の水温で、この温度ならすべての魚の口が荒くなっている。水温十三度では駄目である。二十四度以上に達すると、魚はかかるがマンホールの生簀《いけす》のなかで斃死《へいし》する。もうイセエビなんかでも動かない。死んだ魚は水揚げしても、漁業組合が買ってくれないから商売にならないのだ。こんなときには蓋《ふた》のついた笊に入れ、海底の冷たいところに活《い》かしておく。

私は九十九里の漁師の竜宮《りゅうぐう》様に対する心得について聞いてみた。答は次の通りである。大原の漁師は、沖に出て茶碗《ちゃわん》や庖丁《ほうちょう》を海に落すと、竜宮様へ米または御飯をお供えする。海のなかへ恭々《うやうや》しく棄《す》てるのだ。若い漁師は別として、古老の漁師は鉢巻を大事にする。沖から帰ると鉢巻を環《わ》になったままにそっと取って神棚《かみだな》にお供えする。翌日はそれを頭にはめて沖に出る。鉢巻のねじ上げは大きく勇ましげに立てておく。ヒキナワをおろすとき船から小便することは絶対に禁物とする。

船霊《ふなだま》は米艪間《まいろのま》（取舵《とりかじ》の所在場所）というところに、御神体を厨子《ずし》に似せた木箱に納めておまつりする。御神体は十二単衣《ひとえ》を着ている女と装束を着た男を腹合せにした人形である。これは壁土で作られている。昔からナミハナの出店という商店で扱っていて、最近ではパラピン紙に入れて売っている。値段は六十五円である。この人形の上下に、骰子《さいころ》を二つ入れる。その置きかたは、「天一、四六、表、しあわせ、共、みあわせ、おもかじ、ぐっつり、とりかじ、になおし」という昔からの作法の文句に従うことになっている。どういう意味だか私にはわからないが、とにかく采《さい》の目がこの文句に沿うように並べるのだそうだ。この他には、金を十二文入れる。今は十円だま一円だまなら十二枚、古い五十銭銀貨でも十二枚入れる。他に孕《はら》み女の髪の毛を入れ、共に五穀を紙に包んで入れてその木箱を釘で打ちつけておく。

船で土左衛門に遭遇したときには、これは竜宮様の引合せだから断然縁起がいいとされている。その場合は「漁をさしてくれれば揚げてやる。漁をさしてくれれば揚げてやる」と言葉に出して呼びかけてから揚げてやる。出船のときでも必ず船に乗せて浜に帰って来る。すると不思議にその年は必ず漁がある。もう一つ不思議なことは、土左衛門を揚げるときには船が流されない。同時に土左衛門も汐に流されない。

「どういうものか、どっちも流れません。海藻なんか、どんどん流れるのに、これだけはどうも不思議です」

と利さんが云った。浅吉さんも松雄さんも、それを肯定するように頷《うなず》いていた。

ここの大原の漁業組合には伝書鳩《でんしょばと》を飼っている。現在、七十羽いるそうだ。漁師は万一必要だと思うときにはこれを三羽ずつ持って沖に出る。網が岩礁に引っかかって潜水夫を入用のとき、または魚の大群に遭って仲間の船を呼ぶときなどに船から鳩を放つ。鳩も人間と同じく船に酔うのと酔わないのがいる。酔った鳩は、人の手を離れると空にまっすぐに舞いあがり、急降下して来て海面にばちゃりと落ちる。それからまた舞いあがって落ちて来る。酔いを醒《さ》ましてから漁業組合の鳩小屋に向って飛んで行く。組合では鳩小屋のベルの音で、直ちに通信に応じる処置をとるのである。

私は大原の宿に一泊して、翌日は港でイワシの水揚げを見た。太股《ふともも》までしかない紺絣《こんがすり》の着物をきた娘たちが、船のマンホールからイワシを笊で掬《すく》い出し、リレー式に次から次へ送って平ったい箱に入れていた。見る見る箱が積み重ねられて行く。マンホールの中はイワシで埋められている。十噸あまりのナワ船だが、岸壁に立っている婆《ばあ》さんに聞くと、こんな船でも千六百貫のイワシを運んで来ているそうであった。昨日の午後は貫二百円、夕方は百五十円、今日は二百円と、刻々に相場が変っている。イワシの水揚げは女でなくてはいけないのだと婆さんが云った。

イワシの脂《あぶら》が濃厚な乳色でもって船のまわりに淀《よど》んでいた。それを慕って来たフグや小さなタイが、脂に酔って半死半生の状態で浮いていた。港の外には鷗《かもめ》の大群が波の上に浮いていた。脂のにおいに、うっとりしている風であった。無慮、一万羽もいたろうか。

水郷通いの釣師《つりし》

今日は水郷の寒鮒《かんぶな》の釣場《つりば》を知りたいと思ったので、阿佐ヶ谷の大沢釣具店の主人に、確かな鮒の釣師を紹介してくれと頼んだ。

「はい承知。では、鮒釣の名人を紹介してあげる。その人、鮒釣では大したものだ」

大沢の主人はそう云《い》って、真野源一さんという釣師を紹介してくれた。

源一さんは木村屋総本店の工務課長で、年は六十一か二ぐらいである。私はこの人に逢《あ》って初対面の挨拶《あいさつ》のとき、確かにどこかで見たことのある人だと思った。それがすぐには思い出せなかったが、やがてこの人が佐原の釣場の青写真を出して見せたとき漸《ようや》く思い出した。

私は昭和四年か五年ごろ、お隣の上泉さん（当時、都新聞記者）と竹村書房の主人に誘われて、ひとしきり千葉県の佐原付近へ鮒釣に出かけていた。三月の巣ばなれから四月の乗《の》っこみが過ぎて梅雨ごろまで、殆《ほと》んど毎週日曜日ごとに朝早くから出かけていた。しかし私が鮒の釣場に通ったのはこの期間だけで、後は鮎釣《あゆつり》に転向したから水郷の釣場のことはわからない。ことに寒鮒釣については何の心得もない。

　釣をする人はよく云っている。釣をしていると付近の風景などには目もくれない。風景など見るのは邪道だと云う釣師がある。しかし風景などには目もくれないで釣をしても、後から思い出すと案外にもはっきりと風景が思い出されるのは不思議である。観光の目的で行ったときよりも如実《にょじつ》に風景が思い出せる。同時に、点景人物も思い出すことが出来る。

　私は源一さんから釣場の説明を聞いているうちに思い出した。やはり上泉さんや竹村書房と一緒に、佐原の近くへ鮒釣に行ったときのことである。その日、私はタモアミを持って行くのを忘れていた。利根川の本流を渡って行くと、大して幅の広くないクリークがあった。この水は近くの与田浦という沼に通じるので、釣船を雇って釣っている人もいた。畦道《あぜみち》に坐《すわ》りこんで釣っている人もいた。畦道は約二尺幅で、後ろは田圃《たんぼ》、前がクリークで岸に真菰《まこも》の新芽が伸びかけていた。向岸の遥《はる》か左手に、誰か釣師の雇っているらしい釣船が舫《もや》っていた。

　そのとき私は、どうも調子が出なかったので、もう季節おくれのサグリにして釣っていた。白い玉のシモリをつけたのをクリークに振りこみながら、畦道づたいにゆっくりゆっくりと移動するのである。すると、すぐ並びにいた置釣の釣師が、不意に大きな声を出した。

「タモアミ、タモアミ……」

　見ると、その釣師の差上げた竿《さお》が、電気仕掛のように大きくがくがくと揺さぶられている。その釣師は竿を撓《た》めようとするのだが、張りきった道糸と浮木《うき》が水のなかを掻《か》きまわしているだけである。浮木は水中に潜ったり現われたりして、左に走ったかと思うと右に走って行く。きびきびして活気のこもった浮木に見えた。私は尺鮒が釣れたに違いないと思った。その釣師は私をちらりと見て、

「タモアミを拝借。二尾です。タモアミ拝借ねがいます」

と忙《せわ》しなく云った。

私は薄情なようでも、タモアミを持ってないと云った。むしろその釣師の窮状に羨望《せんぼう》の念を覚えていた。竹村書房の主人も上泉さんも、ずっと川下で置釣をしていたので姿も見えなかった。

その釣師は竿を立てるのに可成り手間どった。やがて立てると、次は、じっくり撓めて浮木をヘチに近寄せて、殆ど無意識でするかのような遣口《やりくち》で、暫時《ざんじ》のあいだ魚を萎《なや》した。それから竿の手元を地面に突差すと、畦道を韋駄天《いだてん》のように駈《か》けだして行った。

——この釣師が現在の源一さんであった。

「あのときには、上鉤《うわばり》と下鉤に同時に釣れたんです。二尾のときには、なかなか竿が立たぬものですね。尺五分と、九寸の鮒でした。ハリスは八毛でした。一尾を掬《すく》えば一尾がバレる。どうしても、タモアミが二つなくっちゃ」

と源一さんは目をかがやかして云った。

普通、九寸の鮒一尾でも、タモアミに入れるまでには苦労する。八毛のテグスで二尾の尺鮒を同時に手元に引寄せるのは、放れ技のようなものである。

「あのときの竿は、二代目竿忠《さおちゅう》の丈一で、梨子地《なしじ》でした。今と違って、昔の竿ですから頑固《がんこ》です。穂先の太いやつでした」

あのとき源一さんが、韋駄天のように畦道を駈けだしたのも無理はない。一刻も早く、タモアミを釣船の船頭から借りて来るためであった。その釣船は向岸のずっと左手にいた。源一さんは「おうい船頭さん、二尾いっしょに釣れた」と船頭を呼んで、他の客のタモアミを借りさせた。船頭は船を漕《こ》いで持って来た。ところが鮒を掬おうとすると暴れまわるので、船頭に協力させて「一、二の三」の懸声で、同時に掬いあげた。

源一さんの話では、あのとき向岸にいた釣友達が間もなくやって来て、そこの場所に目じるしを立て、次の日曜に一人で釣りに行ったそうである。

「帰って来てから、釣れた釣れたと云ってました。鹿島組の西沢国元という釣師です。あそこのエンマ（クリーク）は私のホームグラウンドです」

その場所は、千葉県北佐原十六島《じゅうろくしま》、蒲割川《かばわり》のエンマである。源一さんの自製になる青写真によると、十六島には誘惑的なエンマが縦横に通じている。昔、ここは七、八十年前ころまで入海であったという。沼があり、大川があり、小川があり、エンマがあり、鮒の生棲《せいせい》するには最も好適な地帯と思われる。源一さんは、釣場を記入したこの青写真をつくるため、五年の歳月を要したと云っている。休日祭日を選んで釣に出かけて行き、土地の古老や釣宿の人に聞いて作製したそうだ。

私はこの青写真を、そのままここに挿入《そうにゅう》したい気があるが、「禁複製」とあるので主なる釣場の名称だけ記したい。

大体において、東から西に向けて釣場を辿《たど》ってみると、与田浦、一本松、中洲《なかず》、中洲エンマ、下ササギ、前川、裏《うしろ》川、上ササギ、篠原新田、墓場、ボッチエコ、蒲割川、ヤヨイ川、大和田、荒河川、丸江湖、長島川、七曲り、金江城《じょう》、砂《すな》ッ場《ば》。

以上のうち、一般の釣師に知られているものは、七曲り、長島川、裏川、前川である。この地域は入海を干拓して出来たもので、以前はその入海に十六の島があったという。

そこで肝要な寒鮒の釣場だが、やはり源一さんは十六島を第一に推した。巣ばなれ、乗っこみ、落鮒、この三つともに良好の釣場なら、寒鮒釣にも悪くない筈《はず》である。十六島の他には、水郷の駅の先が良好だという。利根の本流と北利根の水門とつながる与助川、柳川、公関洲《こうかんず》。佐原の手前の新利根川。この新利根川では、寒鮒から巣ばなれをねらう。竿は、ここでは三間半。次は戸差《とざし》。ここは寒鮒、巣ばなれ、乗っこみ、共にみなよろしい。以上のうち、公関洲は寒鮒にもいいが、普通と違って乗っこみ専用にしたいほどの釣場だという。与田川からノシて来る鮒は、みんなここに集まって来るそうだ。

その他には、潮来《いたこ》の橋を渡って行くカメノコエンマ。次のナマズ川。もっと先の沖の巣。

「寒鮒のときには、竿は割合に太めの竿です。シモリをつかう半ヅキ釣なら、半ヅキ釣の竿。餌は少し細めの生餌《きじ》。色のいいやつを、首巻から先の頭のところへ、二本、チョンガケにします」

そうして真菰のモギレかオダのまわりをねらう。来たら一気にあげるのだ。

源一さんは寒鮒の習性について詳しい話をしてくれた。それを簡単に云ってみれば、たとえば寒鮒は極老の中風患者のようなものである。非常に動作が緩慢で、緩慢というよりも殆ど動かない。だから釣師は日頃《ひごろ》から自分の心得ているポイントをねらわなくてはいけないことになる。しかも寒い日には、鮒が水底の泥《どろ》に頭を突込んでいる。鮒や鯉《こい》を小包で送るには、口のなかへ茶殻《ちゃがら》か濡《ぬ》らした新聞を突込んで濡れ新聞で巻くが、寒い日の鮒は、ちょうど自分でそのような鉱物質のような状態になっている。

要するに、寒鮒釣というものは景気のいいものではないようだ。しかし源一さんは云った。

「どういうものでしょうか。寒鮒釣では、こういうことは云えますね。釣をした帰りに眠くって、車中で目を閉じていると、必ずシモリが目にちらつきます。他の魚の場合には、帰りの車中、浮木が目にちらつくことはないのですがね。どうも不思議です」

源一さんは十二、三歳のときから磯釣《いそづり》をはじめ、上京してから学校を出ると、そのころ鮒の先生と云われていた牛込揚場町の石井市蔵氏に就いて水郷に通いはじめ、若いころは鮒のサグリ釣でも二本竿を使っていたそうである。しかし、鮒釣だけに限定しているのではない。ヤマメも人の行かない山奥の川へ釣に行く。海釣にも行くし鮎釣にも出かけて行く。

「佐藤垢石《こうせき》を御存じですか。最初、私は鮎釣を垢石老に教わりました」

と源一さんが云った。

鮎釣は私も初め垢石に教わった。源一さんが教わったのは三十年前だそうだから、私の方が後輩の弟子ということになる。

私は垢石に教わるとき、囮《おとり》を粗末にして、ひどく叱《しか》られた話をした。源一さんも囮を茶化して垢石に叱られた話をした。越後の魚野川で教わったときのことだそうだ。

鮎の囮を激流に沈めるには道糸を相当に長くする。ところが道糸を長くすると、竿を立てても糸が張らないので囮が沖に出て行かない。私も最初のうちはそれに頭を悩ませた。ふと思いついたのは、囮を浅瀬に入れておいて、自分が三歩か四歩か川上に行ってから竿を立てたらどうかということであった。これなら足場さえ悪くなければ通用する方法である。

源一さんも初め魚野川では囮の操縦に手こずった。釣宿に帰ってからいろいろ考えた末、その翌日は風呂場の焚口《たきぐち》にあった渋団扇《しぶうちわ》を持って川へ行き、沖へ出て行かない鮎をその団扇で煽《あお》ぎたてた。囮はみるみる沖に出て行った。すると垢石が遠くの方からそれを見て、わざわざ叱りにやって来た。

「お前、さっき妙な真似《まね》をしていたな。その腰に差しているのは、いったい何だ」

「団扇だ。暑いからね」

垢石は、たいへん怒ったそうである。

そのときの垢石の激昂《げっこう》ぶりは私にもほぼ想像がつく。たいていの釣師がそうであるように垢石も濁声《だみごえ》だが、人を叱るときには特に異色ある濁声を張りあげていた。囮を粗末にすることを何よりもの禁忌として、川底に引っかかった囮を一かばちかぐっと引抜くことを厳禁した。私が富士川の十島《とおしま》で初めて垢石に教わったとき、囮を川底に引っかけると、垢石が私に厳命した。

「俺《おれ》が竿を持っててやるから、川のなかにもぐって囮を外して来い、これは友釣の原則だ」

当時、まだ十島にはその上流にダムが出来ていなかったので、川の流れが相当に激しかった。富士川や木曾川なども、遠くから汽車で見るときには何でもない川のように見えている。ところが、川っぷちに立って見ると案外にそうではない。向岸に渡るために浅瀬を辿って行くときでも、足もとの砂が水で激《げき》されて掘れるので、リュックサックに大きな石を入れて重しにしなくては足を掬われて流される。

垢石は私が尻込《しりご》みをすると、

「お前は、水というものを知らなくっちゃいけねえ。抱けるだけ大きな石を抱いてもぐるんだ」

と睨《にら》みをきかせた。

私は止《や》むなくパンツ一つになって、抱けるだけの大きな石を抱いて流れのなかにもぐった。囮を外して川から出ると、私の腕時計は硝子《ガラス》が毀《こわ》れダイヤルが毀れて用をなさないことになっていた。当時、腕時計は紐《ひも》を外に、時計を内側にする風習が一部にあったので、私もそれに従っていた。

「しかし垢石翁《おう》は、鮎を釣るときには、姿も技術も心境も見事でしたね」

私がそう云うと、

「ほんと、きたない釣服を着てましたが、川へ行くと実に立派でしたね」

と源一さんが云った。

鮎を釣って囮をつけかえるときの垢石は、いつも釣竿をまっすぐに立てていた。軽妙に囮を扱っていた。五間の竿を片手で軽々とあげていた。囮箱を持って身軽に山裾《やますそ》の小道を歩いていた。

垢石は東京にいるときには飲んだくれていたが、川へ行くとがらりと人が変ったように謹直になっていた。宿に着くと節酒して早く寝た。朝は、私のまだ寝ている間に、川のコンディションを調べて来て、それから私と一緒に朝飯を食べた。初めての土地へ行くと、その土地の釣師に宿へ来てもらって、川の様子や特徴を根ほり葉ほり聞いていた。どういうものか私は、世間の釣師の云うような垢石のデカダンぶりは、旅先では一度も見たことがない。今でも私は垢石のことを立派な釣師であったと思っている。

「ときに、真野さん、つかぬことを伺いますが」

私はヤマメの五寸、六寸以上のものを釣りあげると、必ず胸の動悸《どうき》を覚えるのだ。これはどういうわけのものだろう。ごとんごとんと胸が鳴る。胸の高鳴りである。大きなやつを釣りあげて魚籃《びく》に入れ、次の餌を差そうとしても興奮のため手が震えて餌が差せないのだ。それで手首を岩に依託して餌を差している。

「真野さんのように、魚を釣って釣って釣りまくった人も、胸がごっとんごっとん鳴りますか」

「ヤマメのときは鳴りますね。鯛《たい》やヘラ鮒を釣っても鳴らないのに、どうもヤマメのときだけは不思議ですね。雪代《ゆきしろ》ヤマメ。それから青葉ヤマメ。すると、もうそのころは崖《がけ》の上に咲いておりますね。岩つつじ、山吹。流れはいい」

釣師は崖を降りると、体を低くして、淵《ふち》に近づくにつれてそろそろと這《は》って行く。ごつごつした岩かげから、ほんのちょっと顔を出して淵を見る。目は、らんらんと光らせている。やがて、さっと振りこむが、糸が頭の上の木の枝にかからないように竿先を平らに振る。青い水と白く泡立《あわだ》つ境に餌が落ちる。糸についている赤い目じるしが、ちょいと動く。その途端、釣師の心臓が痙攣《けいれん》を起したように、ごっとんごっとん動悸をうちはじめる。

「どうも不思議ですね。しかし、何とも云えない気持ですね。何度釣っても、何尾釣っても」

と源一さんが云った。

ヤマメは餌が不自然な流れかたをすると、すぐに不審を抱いて下流へ行って様子を見守っている。動作は実に敏捷《びんしょう》だが、気分的には非常に懐疑的であると共に妥協を許さない。気難しいやつだと心得ていたら間違いない。力が強くて賢い魚だが、力のあるくせに臆病《おくびょう》なやつだと云った方が、したりげな釣師と見えるようだ。

源一さんのヤマメの釣場は、多摩川の源流、秩父《ちちぶ》方面である。熊《くま》の糞《ふん》を見たり、カモシカの姿を見たりすることもあるそうだ。私はこの方面のことはいっさいわからない。源一さんの話では、氷川《ひかわ》から丹波《たば》という部落までバスで一時間半、丹波の先の泉水谷《せんすいだに》という渓《けい》流《りゅう》が釣場である。これは多摩の支流、三峰《みつみね》川の源流でヤマメが多い。その辺には、ヤマメの多い後山《うしろやま》川というのもあるそうだ。

以前、私がヤマメ釣に行っていた川は、下駄ばきでも行けるようなところが多かった。今では農薬が流れるからヤマメはいなくなったろう。魚は有毒なものを実によく知っている。鮒のような図太い魚でも、以前のように細いエンマや浅場には乗っこんで来なくなったと源一さんが云った。大きなエンマの深いところに産卵するそうである。

云い忘れたが、十六島の鮒は謂《い》わゆる金太郎鮒ではない。みんな銀鮒だそうである。かつて蒲割川で私の釣った小さな鮒も銀色であった。源一さんが一度に二尾釣った尺鮒も銀色であった。

尾道の釣《つり》・鞆《とも》ノ津《つ》の釣

尾道の漁師はコヅキ釣《づり》が上手だと云《い》われている。なかでも尾道の吉和浦《よしわうら》の漁師は大変に秀抜で、子供でもコヅキ釣ではよその浦の大人の漁師に負けないそうだ。だから吉和の漁師がよその浦へ釣に出かけると、そこの漁師が竹竿《たけざお》を振って追い返している。かねがねそういう話を聞いていた。今度、私は尾道に行って吉和の新田益太郎さんという老漁夫に逢《あ》ったので、あの話は本当ですかとたずねた。

「そんなことはありません」と益太郎さんが云った。「よその漁区を荒しに行くと、悶着《もんちゃく》が起るのは当然です。吉和の漁師はそんなことは致しません」

益太郎さんは今年六十六歳だが、漁船のなかで生れたので母親の体内にいるときから釣をしていたようなものである。四歳のときから四間、五間の深さのところのコヅキ釣をやりだして、六歳のときには三十尋《ひろ》、四十尋の深さのところを釣るようになっていたそうだ。以前、私は吉和の漁師についてまたこんな話を聞いていた。この浦の漁師たちは、子供を学校に通わさないで船に連れて行く。子供が学校に行って読み書きを教わると、天候を見定める勘が欠けて来るからである。一年も二年も学問をすると第六感が鈍って来る。

「実際、そんなものでしょうね。学問すると概念的になりますからね」

私がそう云って聞くと、

「いえ、そんなことはありません」

と、益太郎さんが云った。

子供を学校へやらないのは経済的な関係によるのだそうだ。子供も四、五歳になるとキス釣くらいなことはできるので、陸に着いてから菓子など買ってやるだけのものは子供が自分で稼《かせ》いでくれる。学校にあがるまでには相当に釣るようになれるので、第六感など問題ではなくて自然と船に連れて行く。今では、そんな子供は尾道市役所が市立の寮に入れ、学校に通わすようになっているそうだ。

そこで、尾道の海の釣場だが、益太郎さんはこう云った。

「この辺の海は、一年じゅう、ずっとどこでも釣れます。この辺、いちめんに釣場です。魚のアパート村のようなものでしょう」

この辺は海の底が肥えていて、流れのところと流れのないところと入り交っている。魚が餌《えさ》をあさって遊びまわるには都合がいい、その上に、すぐ隣の松永湾は魚の養殖場のようなもので、引汐《ひきしお》のときには漁師たちがゴカイを掘りに行く大きな干潟《ひがた》が現われる。ここから出るゴカイは尾道の問屋に集荷され、広く瀬戸内沿いの港に送られる。

「こんなに釣れるところは、他にはどこにもありません」

ここには、陸のすぐ正面に向島《むかいしま》という周囲七里の大きな島がある。海は川かと思われる細長い瀬戸になっている。どんな大風のときでも大波の来るおそれがない。この瀬戸の入口に、こっぽりとした松永湾が控え、その湾を出ると十里四方の広さを持った燧灘《ひうちなだ》がある。備後灘《びんごなだ》とも云っている。この灘のまんなかごろに走島《はしりじま》という周囲七里の島がある。上げ汐のとき、東西の海峡から瀬戸内に流れ込んだ水は走島を目がけてやって来て、下げ汐のときには走島を後にして東西の海峡から外洋に流れて出る。ちょうど走島は、外洋から内海に流れ込む水を、たとえば交通整理している中心地点になっている。昔、潮流を利用して行く帆船は、上げ汐のときに東から走島を目がけて来て、下げ汐になるまで尾道か鞆《とも》ノ津《つ》に休んでいた。

「燧灘は風もなく大波もなく、おとなしいところです。外海の魚はよくそれを知っています。魚島《うおじま》のときになると、三つの関門から魚が燧灘に集まって来ます」

いろんな魚が集まって来て、産《ま》卵がすむと東西の関門から出て行くが、尾道付近に居残ったやつは吉和の漁師が釣る。先ず、そんなものだそうである。

益太郎さんは現在（二月上旬）の尾道の釣について話してくれた。今は夜ならばハエナワだが、これは私たち素人《しろうと》には手が出せないから略すことにする。昼間の釣がいい。これは漁師の船に乗せてもらって、漕《こ》いでもらいながら釣るこぎ釣と、碇《いかり》を入れて釣るせかし釣と二つある。以前、私は尾道でも鞆ノ津でも竹原でも釣をしたが、磯釣《いそづり》やせかし釣には撒餌《まきえ》をした。

「生きたエビを撒餌に使いませんか」

「エビのときは、藻《も》エビ、または池のエビを使います。そのときの釣餌は同じエビを使います」

私は十何年前の二月上旬、毎日新聞の石川隆士君に教わりながら、竹原の突堤で生きた藻エビを撒餌に三歳のチヌ（黒鯛《くろだい》）を釣った。エビを海に振り撒くと、チヌはそれをどっさり食って食いぼけする。エビの餌でそこを釣る。私はそのときの手応《てごた》えを覚えている。

「チヌは、餌を食うとき、尻尾《しっぽ》で先ず餌を叩《たた》きますね。たしかに、そんな手応えですね」

「いや、そんなことはありません。チヌは餌のまわりを廻《まわ》ることがありますが、それが何尾もいると、尻尾で叩くように思われるのです」

益太郎さんの話では、チヌは猜疑心《さいぎしん》の深い魚だからオモリが落ちて行くとぱっと散るが、餌が落ちて行くのを見ると寄って来る。一尾、二尾、三尾と寄って来る。それも危険を感じて後へ退くが、やがて他のやつが続いて来ると先を争って無意識に餌を食う。競争の気持で来るのだから、群れが多いほどよく食いに来る。

「それをコビキ釣するとき、糸をどのくらいコビキますか。三寸ぐらいもコビキますか」

「いや、もっと。キスなら、二、三寸から五寸ぐらい動かします。こぎ釣のとき、チヌなら二尺くらい動かします。丸いオモリです。静かに動かします」

益太郎さんは何尋の深さでも、チヌが今どうしているか、餌をどこまで呑《の》みこんでいるかわかると云った。電話と同じように、手に持っている糸一本でわかるのだそうだ。エビが餌のときなら、チヌはぱっと来る。エビの頭を銜《くわ》えるから（鉤《はり》はエビの頭にさしてあるから）同時に鉤を呑むのだ。糸に重みがかかる。すぐ合せるのだ。ちょっと遅いと餌を取られている。

「ゴカイを餌のときと、手応えはどう違います。どう形容したらいいでしょう」

「ムシ（ゴカイ）のときは、ざぶ、ざぶ、ざぶ、ざぶ……と食いますな」

チヌ釣にカキを撒餌にする方法は、はじめ鞆ノ津の漁師が発明したという説がある。それで私は鞆ノ津の渡辺元一さんという漁師に逢って聞いてみたが、元一さんはこの方法を「カキ撒」と云った。次のような方法である。

カキを臼《うす》に入れて木の槌《つち》で叩き、ぐちゃぐちゃにならない程度に軽くつぶす。身と殻《から》が、くっついているようにする。これを自分のアジロ（釣場）に持って行き、船を定着させて少しずつ流すのだ。カキは条《すじ》になって汐下に流れ、大きい殻は船の真下に沈み、小さいのが汐下に流れて行く。

チヌやスズキは、目が横より上にある魚だから、上がよく見えるので、撒餌をするとすぐに寄って来る。魚の数が多いときには、大きい撒餌を食い勝ちに汐上にのぼって来る。

したがって、船の真下に寄って来る。魚が少いときには汐下にいる。だから、少いときには釣餌は汐下に流し、多いときには真下に沈めるように手加減する。釣餌は殻のついたままのカキである。しかし片側の殻だけは取除いてある。

「昔は、カキの身だけ餌にしたんですが、戦争中から私らが真先にやりました。最近、よその人も真似《まね》るようになったんです」

と元一さんは云った。

鞆ノ津の漁師は、原、石井、平《ひら》、江《え》ノ浦《うら》の四部落に分れていて、江ノ浦の漁師は釣を専門にやっている。他の三部落の漁師は網専門で、旅の釣師を乗せる遊覧船は石井部落の漁師が片手間にやっている。

元一さんは江ノ浦の釣専門の漁師である。魚が餌に来たときの手応えを「口音」という言葉で云った。

「チヌは、ぐち、ぐち、ぐち……と来ます。口音のいいのはスズキです。食うと、いい音をさせます」

スズキは上唇《うわくちびる》より下唇が前に出て受口である。餌を丸呑みにするので口音が素敵である。どんなに群れが多くても、ぐいぐい引張って逃げようとする。チヌは唇が揃《そろ》っているから噛《か》んで食う習性がある。音が、ぐち、ぐち、ぐち……と来るのはそのためだ。餌によって違うけれども大して変らない。アコウは受口だからスズキに似て、こつんと来る。タイは、ごつ、ごつ、ごつ……と来て「じくりが、激しいです」と元一さんは云った。

カキ撒について、元一さんはまたこう云った。

チヌは嗅覚《きゅうかく》、聴覚、視覚、味覚の発達した魚だから、撒餌のカキは上等なものを使う必要がある。汚水の流れこむ場所のカキ、汐の流れの悪いところのカキ、味の悪いカキは、それをチヌ釣の餌にすると最初の一日は来る。二日目にはもう来ない。そのときには釣場を変えるよりほかはない。同じカキでも、人間が食べごろの二年子のカキを餌にするのがいい。いいカキでも古くなったものは見向かない。カキを餌のときは、瞬間に合せなくてはいけないのだ。はじめ、がぶっと来たとき合せてやる。怪しいと思うと吐き出すが、吐き出したときにはもうカキの身を取っている。取れやすいようにしておいた方が食いがいい。

おそらく鞆ノ津の魚は、尾道の魚よりも網にいじめられているのだろう。魚島になると鞆ノ津の沖にはタイ網が沖に張りめぐらされ、普段でも付近の横島、田島あたりのウタセ船が風を待って船出する。そうして、底びきをする。このごろはマンガという底びきの漁具が横行する。田島の沖には地獄網が敷設《ふせつ》されている。だから釣の漁師は繊細な技術を要するわけである。

鞆ノ津の漁師は季節になると、アジロをつくるため各自に好みの場所に毎日のように撒餌をする。湯呑を逆さにしたような布袋にエビを入れ、それを釣糸に吊《つる》して三十匁《もんめ》から四十匁のオモリで海の底に沈ませる。エビは水の圧力で逃げないが、海の底から二尋ぐらいのところで急に引きあげるとエビが袋の外に出る。生きている藻エビや白エビである。この撒餌を毎日のように繰返しながら、チヌ、スズキ、小ダイなどを一箇所に集めておく。魚の方はよく知っていて、夜は付近の岩かげに行き、昼は出て来て遊んでいる。ちょっと撒餌をするとすぐ寄って来る。場所は、汐の流れのいいところである。流れのいいところには、岩が出ていて魚の食いもいい。

これが自分のアジロであり、自分の財産みたいなものである。他の漁師はその場所で釣ることを許されない規則だが、夜、網の人に荒されることがある。無論、網を入れられると魚に逃げられる。

「お得意さきを荒されるようなものですから、いよいよたまらんときは夜番に出ます」

と元一さんが云った。

釣魚法も繊細を通り越して夜番を必要とするのである。

鞆ノ津では、碇を入れて釣るせかし釣も、五、六年前から糠団子《ぬかだんご》のオモリで釣るようになっている。昔は団子の撒餌をしてオモリをつけて釣っていたが、オモリの代りに団子をつけてエビを餌にするようになった。餌から二、三寸ほどの上に、糠を粘土で固めたのをちょっとひねって糸につけ、団子が底に届くと道具をちょっと引く。団子が抜け落ちる。その粘土は、讃岐《さぬき》の丸亀《まるがめ》から買って来る特別の土である。

団子の大きさは、汐の流れによって加減する。流れが非常に早いところでは団子に小石を入れて重みを加えるが、団子を固く締めすぎると糸を引張っても抜け落ちないことがある。すると、餌のエビが団子のなかに食いこんで折れ曲る。餌のつけかたはハナガケである。鉤をエビの剣の下から鼻に差して鉤先を僅《わず》かに頭の上に出し、エビの元気のいい恰好《かっこう》で平らになるよう仕向けておく。これなら一時間の上も生きている。その反対にエビが立つようにすると、海のなかできりきり舞いをしてハリスに縒《より》がかかってもつれて来る。

この釣では、ボラ、チヌ、スズキ、小ダイが来る。船は碇を三つ入れて固定させ、海底の岩から三間乃至《ないし》五間ぐらい離れたところをアジロの中心とする。場所は毎年ほぼきまっていて、江ノ浦の漁師はお互に他人の場所を知っている。かかり釣、まき釣とも云い、このアジロを他人に横取りされることを、「飯をひっくり返された」と云うそうだ。

「取られたと云っては、一人前の漁師として体裁が悪いですから」

と元一さんが真顔で云った。

私は三十何年前、ここの鞆ノ津で、しゃくりというやりかたでもって大きなボラを釣ったことがある。一握りくらいの糠団子に小石を入れ、五本の短いハリスを鉤ごとそれに練りこんで、三十尋ばかりの海の底に沈めておく。そうして、道糸に手応えがあると同時に、強くしゃくり上げる。鉤はボラの腹か頭か目にかかっている。目にかかったのは割合おとなしく揚がって来るが、下半身にかかると大あばれにあばれ、魚と人間と格闘するようなことになる。

「あれはもうやりません。今では、のましというのをやります」

と元一さんが云った。

最近は糠と蛹《さなぎ》の粉を丸亀の粘土に混ぜ、大きなどっしりした栗石《くりいし》に塗りつけて、それに練りこんだ五本の鉤のある箇所だけ、団子を瘤《こぶ》のように高くつまみ上げておく。ボラはその瘤に食らいつく。石が小さいと魚の方に寄って行くが、どっしりしている石だから動かない。向う合せに魚が鉤を呑む。

「チモトは、長さ一寸五分。糠は、炊《た》いた方がよろしいです。蛹は炒《い》って使います」

このボラ釣のときには、傍《かたわ》らチヌを釣るのが常識となっているそうだ。一尺くらいの細い竿を三本くらい入れ、ぴくぴく動くと音のするように鈴をつけておく。この釣りかたは、このごろ岡山県の漁師もやるようになったそうだ。

鞆ノ津と尾道はほんの少し離れているにすぎないのに、アジロの立てかたも釣の仕方も違っている。吉和浦の益太郎さんも云っていたが、尾道の漁師は釣場を自分で設定しないで一ばん釣れる場所を捜してまわる。

「年によって、釣れる場所が違います。同じ場所でも、肥料が入ったり入らなかったりするのです。それを捜します」

と益太郎さんは云った。

海の底に藤《ふじ》の花のような貝が一めんにつくと、そこに小魚が寄って来て、それを食う大きな魚が集まって来る。その貝は鶉豆《うずらまめ》くらいの大きさで青貝と云う。これに餌が湧《わ》くからエビやイソメが湧く。こういう場所を見つけるのだそうだ。

尾道の海には非常に流れのきつい場所や、貝類の盛んに発生する場所があるわけだ。大ダイを釣って腹の中を見ると、殻の厚いカキをねじ切って食っていることがある。流れのきついところのカキは特に殻が厚い。岩かげにいるコブダイを釣って腹の中を見ると、カキ、セト貝、ジョロ貝、マテ貝など、殻ごと食っている。槌で叩いても破れないような、堅い貝殻を呑みこんでいる。海底には、おそろしく流れのきつい場所があるに違いない。それと静かな流れが入り交っているのだろう。一見、この辺の海は鏡のように静かだが、底の方は颱風《たいふう》のときの雲行きのように複雑になっているに違いない。大ダイなども尻尾のところのくびれ目が、外海のタイよりも太くなっている。激流を泳ぎまわっている証拠である。

「ここの海では、夏から秋にかけて一ばんよく釣れます」と益太郎さんは云った。「ニベなんか、大きいのは底ニベと云って、十四、五貫のが揚がります」

他に、キス、コチ、ギザミ（ベラ）、タイ、チヌ（クロダイ）、スズキ、アコウ、メバル、カレイ、ハゼ、グチ（イシモチ）などが釣れる。

益太郎さんは遊覧の釣客を案内することがあるそうで、よく釣れるときには釣客にキスを三百から四百は釣らせるのだと云った。私は眉唾《まゆつば》だろうと思ったが、後で旅館の姐《ねえ》さんに聞くと嘘《うそ》ではないそうだ。この姐さんたちは、たびたびお客のお供で益太郎さんの船に乗るから実際のことを知っている。

「益太郎さんは、自分の釣糸を二本持って、それから艪《ろ》を漕ぎもってお客の世話していま す。お客の餌を切ってくれ、餌をくっつけてくれ、それが五人乗りの釣船です。碇を入れない釣ですよって、流されないように漕いでます。ときによったら、艪を腋《わき》の下に持って漕いでます」

姐さんの一人がそう云った。

もう一人の姐さんは、はじめお茶を持って部屋に入ったとき、「ありゃりゃ、おッさん」と益太郎さんを見て、親しげに云った。「今日は洋服を着とるんなあ。あたしゃ、誰かと思うたで」

「わしだって、人に会うときには洋服を着るがな」

と益太郎さんは平然として云った。

ここの尾道の海の漁師は、鞆ノ津の漁師と同じくだまし餌の釣やヒキナワはしないのだ。だまし餌を使うのは、尾道から西の三原、忠海《ただのうみ》方面の漁師や素人の釣師である。だまし釣では、生きたイカナゴ（コウナゴ）を撒餌に使い、短冊《たんざく》型に切った薄ゴムを二枚チョンガケにして釣る。または、ガラモ（ホンダワラ）を二寸ぐらいの長さに切ってだまし餌にする。

私は益太郎さんの話を聞きながら、自分で海釣をしているような気持になっていた。益太郎さんは、スズキが漁師に対して作戦を持っている話もしてくれた。

尾道に一泊して、翌日、松永湾のほとりを通り山越えで鞆ノ津に行った。旅館に着くと、向うの小さな島をかすめて鷗《かもめ》のような鳥の群れが飛んで行った。鷗よりも少し形が小さくて、背景の空の色によっては灰色に見えることがあった。ついぞ見たこともない鳥である。その行方を見ていると、やがてそれが窓の外の岩かげに隠れて行ったとき、元一さんがやって来た。鳥の名前をたずねると、

「たぶん、カリカネという鳥でしょう」と元一さんが云った。「カリガネでなくて、カリカネです。春の頃《ころ》、人の来ない島なんかの、岩間に巣をかける海鳥です」

ここでも私は一泊して、翌日、山陽線の福山に出ると、郊外の草戸というところのクリークを見に行った。鞆ノ津でも尾道でもさんざん釣の話を聞くだけで、二日とも寒くて海に行けなかったので、クリークのシジミ釣をするつもりであった。

そのクリークは芦田《あしだ》川と平行に並んでいる。堤の上から見ると、浅い流れが澄んで絶好の状況であった。釣道具は、堤に枯れ残っているのを折りとった蓬《よもぎ》の茎である。枝をすっかりもぎ取って、その細い茎の先を、流れの底に見える小さな穴に差しこんでゆっくり引きあげる。すると蜆《しじみ》が一箇くっついている。私はそれを繰返し、十箇あまりの蜆をハンカチに入れて福山の町に引返した。これは釣と云えるかどうか。おそらく寒中にクチボソやタナゴを釣る気分はこの程度ぼそぼそしたものだろう。私はまだクチボソやタナゴを釣った経験がない。

甲州のヤマメ

甲斐《かい》の国は地域的に国中《くになか》（盆地側）と郡内《ぐんない》（富士山麓《さんろく》側）の二つに分れ、言葉づかいも互に幾らか違っているが、街道筋や町場の人の人情は国中も郡内も殆《ほとん》ど似たようなものである。ところが郡内の山奥に行くと、がらりと人情が変っている。旅の者に対して大変に人なつこい。

戦後三年目か四年目のことであった。郡内の谷村から鹿留《ししどめ》の川筋に入って行くと、炭焼の親爺《おやじ》がこちらを釣師《つりし》と見て、

「おッさん、釣に来たけ。ほうけえ、川虫を捕ってやろう。待て待て、案内してやらざあ」

そう云《い》って、私の先に立って川ばたに降りて行き、さっと素裸になると川に入って川虫を捕ってくれた。道糸やハリスについても注意してくれた。

鹿留川は山中湖の北、石割山に水源を発し、北流して十日市場というところで桂《かつら》川にそそいでいる。戦前、この川にはニジマスを放流し、戦後も少しは放流したということ

で、西鹿留の堰堤《えんてい》の奥には、一尺二、三寸のニジマスがいる。土地の木樵《きこり》や炭焼は、一尺五寸のやつが釣れると云っている。餌《えさ》は川虫かイクラ、ハリスはナイロンの一厘《りん》半、道糸は二厘で差支《さしつか》えない。

この堰堤のあたりには、ニジマスの他にヤマメがいる。ずっと上流に行くとイワナが釣れるということだが、私はそんな上流までは行けなかった。この川筋では、どんな家でも泊めてくれるので帰りを急ぐ必要ないが、足場が悪くて上流を極めるのは難しい。炭焼の親爺の話では、この川の上流から尾根に出て行くと、山中湖を眼下に見ることができるということであった。

郡内には、もう一つ秋山川と云ってヤマメのいい川がある。中央線の柳川《やながわ》駅に下車して、寺下というところで峠を越えるとこの川がある。この川筋の人たちも人なつこい。こちらが川に入る足場を捜して歩いていると、道ばたのおかみさんがお茶を飲んで行けと声かける。十年前、王野圦《いり》というところはヤマメの究竟《くっきょう》な釣場であった。

郡内では私はこの二つの川と、三ツ峠から河口湖にそそぐ西川を知っているだけである。一方、国中で私の知っている川は、笛吹川の上流と、増富谿谷《ますとみけいこく》の本谷川と、富士川支流の下部川と、その支流の雨河内川と、芦川《あしがわ》谿谷の芦川である。国中にはヤマメの宝庫と云われる早川があるが、まだ私は釣の目的でこの川筋に入った経験がない。

今度、私は甲州のヤマメを釣るつもりで、丸山君と一緒に出かけて行った。しかし最近の様子が知れないので、甲府のヤマメ釣の名人と云われる窪田樫良翁さんに会って川の情況を聞いた。

「早川か芦川がいいでしょう」と樫良翁さんが云った。「早川は三月半ばすぎから、山吹の咲くまで。支流の保《ほう》川へ入れば型が出ます。昔の、保の金山のそばを流れている渓流《けいりゅう》です。ここは足場が悪いですから、芦川の方がいいでしょう。このごろ、甲府から芦川までバスが出るようになりました」

樫良翁さんは、芦川の釣場を図面で書いてくれた。芦川の高萩《たかはぎ》橋という停留場までバスで行き、そこの橋の下から左岸づたいに釣りのぼる。すると、農家が堤に沿って何軒か並んでいる。その少し川上と、そこからもすこし上流の大きな岩のあるところが釣場である。このあたりは下九一色《しもくいしき》という部落でヤマメの宝庫だが、その上流の右左口《うばぐち》峠の下あたり、飯田、古関《ふるせき》の辺にもいい釣場がある。

戦争中、私は芦川へ行ったことがある。甲府盆地側の花鳥というバスの終点から馬に乗って、上り下りとも急坂の峠を越え、上芦川、中芦川を経て、鶯宿《おうしゅく》という部落の渓流に沿っている宿に泊った。高い山に挟《はさ》まれた谷間の部落である。その夜、私は早寝をして翌朝ずいぶん早く目をさましたので、宿の主人が夜網から帰って濡《ぬ》れた網を庭先に干しているところを見た。魚籃《びく》のなかには、一尺前後のヤマメが三十尾の上もいた。しかし網で荒されたあとの釣は無駄《むだ》である。私は釣をする気がしなかったので、馬を雇って鶯宿峠を越え、境川村の飯田蛇笏《だこつ》さんの屋敷の前を通って帰って来た。

樫良翁さんは御嶽《みたけ》昇仙峡の荒川の釣場も図面に書いてくれた。昇仙峡のどんづまり、仙娥《せんが》滝の下の金鶏ホテルの前と小松屋の前が釣場である。但《ただし》、三月一日の解禁以来、釣師が責めている。だから、イクラを吹きながら撒餌《まきえ》をして、浅場のところでは吹いた瞬間に振りこむがいい。そうして、なるべく岩に呑《の》ませるように流して行く。深い瀬のところなら、吹いて暫《しばら》くしてから振りこむがいい。

「ここではオモリは板です。流れの深さによって、絶えずオモリを付けかえるようにして頂きます。無論、深いところでは重くして糸を流しこみ、浅いところでは軽くして。ハリスは六毛、道糸は八毛にして頂きます。調子を合せずに揚げてよろしいです」

小松屋から川下の羅漢寺《らかんじ》の橋下にもいい淵《ふち》がある。ここは釣師が責めるから駄目。橋から十五、六間ほど下流の淵がいいそうである。私は昇仙峡には二度か三度か見物に出かけているが、そこかしこに禁漁地区があると聞いていたので釣にはまだ行ったことがない。

樫良翁さんはその他の川についても大体の情況を話してくれた。

郡内では、笹子《ささご》川支流の真木《まぎ》川がいい。下流の方は粒が小さいが、上流の方はものになる。葛野《かずの》川はヤマメのいる川だが、交通の便が悪くて足場も悪いので、一泊して朝晩の暗がりを釣れば間違いない。大きなやつが飛びついて来る。この川筋には、ちょっとした宿屋もあるし、農家でも頼って行けば気持よく泊めてくれる。中央線の猿橋《さるはし》で下車、バスの終点を中心に二キロの範囲内は上流も下流もいい。

道志川。これは神奈川県に流れて行って相模川《さがみ》にそそぐ。どういうわけかこの川では、知らず知らずに餌がヤマメの口に入って行くような手応《てごた》えを受ける。一種、妙な味がある。ポイントのわかりにくい人は、部落付近をねらうがいい。

丹波《たば》川。これは東京都に流れる多摩川の源流である。上流方面に、秩父《ちちぶ》へ行く道がついてトラックが通うようになったので、それに便乗して行く釣師が多くなって駄目である。以前は大きなやつがよく釣れていた。四年前、私は下部川で釣をした帰りに甲府で樫良翁さんにヤマメの魚拓を見せてもらった。丹波川で釣ったヤマメだということで、一尺四寸内外であった。普通、本州のヤマメは一尺二寸が限度である。

「三十分もねばりましたか。胸がどきどきしたでしょう」

「五分くらいで揚げたです。穂先の堅い竿《さお》でした。もし柔かい竿でしたら、味がこまかくて胸が高鳴りますね」

そのとき樫良翁さんは、ヤマメ釣には撒餌する必要のあることを強調したのであった。今度も撒餌は多くするほどいいと繰返して云った。天候によっては、撒餌を続けて行くと同じ淵で後から後から釣れることがある。他の人が威《おど》した後とか食いの立たないときなどには、撒餌をしなくてはヤマメはどうしても動かない。上手な釣師の釣ったヤマメには、たいてい腹いっぱいにイクラが入っているのはそのためである。そんなヤマメの腹を割くと、胃の腑《ふ》に入っているイクラは大して色が変らないで赤みを持っている。腸に下りて行っているイクラは順々に変色し、下腹のあたりにあるものは玉虫色に光っている。腹いっぱい撒餌を呑んだので、食いぼけして釣れたやつである。

海の黒ダイと川のヤマメは互に習性が似通っている。賢くて臆病《おくびょう》で、力持ちで、食いしんぼうで、はしっこい。ヤマメは激流にいるためか、出水のおそれがある直前には、カジカと同じように小石を呑んでいることがある。体重をつけて流されないようにするためである。腹を割いてみて、小石を呑んでいるときよく釣れるのは、出水を予知して食いだめするため夢中になっているせいである。キジやヤマドリなど山の鳥が、雨の降る前の日に早くから夕餌をあさるのと似通っている。普通、日が落ちるころ餌をあさるのに、午後二時ころからあさりに出る。鳴く声も甲高く、夢中になって餌をあさっている。

「ところで、イワナのトンネル釣というのを御存じですか」

不意に樫良翁さんがそう云った。

トンネル釣というのは、木が茂って足場も悪く、竿を揚げるのが厄介《やっかい》なところでする釣《ちょう》魚《ぎょ》法だそうだ。木の枝が上からかぶさっている場合には、竿を揚げるとき調子を合せると穂先が揚がりすぎて糸が枝にからみつく。

「そういうときには、竿の手元を、ぐっと握ればいいのです。ただ握ればいいのです。竿は九尺、糸は思いきり短くして、二尺か三尺にして頂きます。それを木の枝の間から出して行って、魚が来たらぐっと手元を握る」

「やはり撒餌をするのですか」

「イワナは馬鹿《ばか》だから、その必要ありません。鉤《はり》はアゴがなくてはいけないです。この近くの川では、イワナは増富の奥で釣れますが、他の人が行かないだけの話です」

増富はラジウム鉱泉のある増富で、釜無《かまなし》川支流本谷川の上流に所在する。そこの温泉場から三キロあまり川上に行くと金峰山麓《きんぷさんろく》の金山というところがある。もはや信州の南佐久郡に遠くない。このあたりから川上にかけてイワナがいる。鉱泉場から一キロ下にはヤマメがいる。夕方か朝、撒餌をすれば釣れるそうである。

よほど前、二十何年前に私は佐藤垢石《こうせき》に連れられて、阿佐ヶ谷ピノチオの永井のジロさんと三人で増富へヤマメを釣りに行った。九月上旬だというのに苦竹の竹の子が生えていた。崖《がけ》の上から見ると、青い淵に大きなヤマメが泳いでいたが、垢石が崖づたいに降りて行くとヤマメは姿をかくしてしまった。釣れたのはアブラハヤが五尾か六尾である。私たちは温泉場から信州峠の手前の黒森というところに出る予定でいたが、温泉宿の人からその行程では難所が至るところにあると聞いたので止《よ》して来た。

樫良翁さんの話では、イワナの釣れる黒森に行くには、鉱泉場から下流の塩川部落で山越えのトラックを待って乗せてもらえばいいそうだ。

「黒森、その手前の和田、ここには釣師が入らぬから、イワナがよく釣れます。ちょうど増富温泉の、裏手の谷を流れる川筋です」

ここではトンネル釣でなくて普通の釣でも間にあうそうである。

樫良翁さんはヤマメ釣の心得についてこう云った。

「日中は、振りこんだら途中で糸をあげないで、ずっと流しきること。流しきったら、ヘチへ持って来て揚げて頂きます。最後に瀬尻《せじり》まで流しきったとき、から合せをするのはよろしいです。魚のやつ、たまらなくなって飛びついて来ることがありますからね」

「イクラのない時代、昔の人たちは川虫で釣ったのでしょうか」

「昔の人はメメズで釣りました。古い名人は、どんな場合も重いオモリをつけて、石の根っことすれすれに持って行ったんです。メメズが本当に水の底を流れているように、水の流れにつれて自然に流れるように仕向けます。魚が怪しまないようにあやつって行くのです。これなら日中でも釣れますね」

私もそれは知っているが、ただ技術的にそれができないだけである。

私は丸山君と相談して、交通も手軽で足場も悪くない昇仙峡へ釣に行った。餌はイクラ、仕掛は樫良翁さんに教わった通りである。丸山君は旅館で釣竿を借りて行った。

昇仙峡は都会から来る人の観光地になっている。毎日新聞社の風景百選で一等に入選して以来、尚《なお》さら人が集まって来るようになったそうだ。南画の山のような、または坊主シャボテンのような恰好《かっこう》の岩山が高く聳《そび》え、一本調子の道と平行に谷川が流れている。いい様相の川だけれども到《いた》るところに釣師の姿が見えた。殆《ほとん》ど一町置き二町置きぐらいに釣師がいた。これでは駄目だと、私たちはまっすぐにどんづまりの滝のところまで直行した。しかし滝壺《たきつぼ》へ近寄る足場がなかったので暫く滝の風景を見ていると、高い崖の上から一羽の小鳥が舞い降りて、左手の屏風岩《びょうぶいわ》に見える小さな穴に飛びこんだ。何鳥だかわからない。巣をつくるにしては季節が早すぎるが、隠れ場所としては絶好の穴である。

滝のところから引返して行くと、川沿いの茂みのなかに、ミツマタに似た木や、アブラチャンの木が、まだ新芽を出さないのに黄色い花をつけていた。円右衛門（幕末の昇仙峡の開発者）の碑の前の道ばたに、屋台店を出して水晶を売っている土産物屋がいた。その男に、ミツマタに似た木の名前をたずねると、私たちがお客だと思ったのか愛想よく教えてくれた。

「ズサという木です。ここでは、今ごろ咲く黄色い花の木は、みんなズサと云います」

それから谷川の淵を指差してこう云った。

「解禁の日には、あそこの淵でよく釣れましたです。六寸、七寸くらいなヤマメを、どっさり釣る人がありましたです」

川下の方から、相当な経験者と見える釣師がやって来て、

「釣れましたか。この川では、餌はカジカの卵に限ります」

と云って滝の方へ行った。

私は金鶏ホテルのところから川ばたの大きな岩の上に降りて行き、去年子と思われる小さなやつを二つ釣った。すぐその川下の瀬で、今度は六寸くらいのやつを釣りあげたが、川下から釣師が来たので竿じまいにした。いい川だが釣師が多すぎる。

昼飯は金鶏ホテルの休憩所ですませ、戦前に私がよく釣に行っていた西川まで遠走りすることにした。その川は三ツ峠から河口湖にそそいでいる。釣師が洟《はな》もひっかけないような小さな川だから、素人《しろうと》には却《かえ》っていいのである。従来、私は御坂《みさか》峠の茶店へ逗留《とうりゅう》に行くたんび、その川へよく釣に出かけていた。

バスを甲府で乗りついで、二時間たらずの道を御坂峠の茶店まで直行した。盆地はオーバーが不要なほどの気温だが、山にはところどころに雪が消え残り、頂上のトンネルの天井には長いツララが垂れていた。

幸い茶店の主人は家にいた。狩猟の景気をたずねると、主人は飼犬の頭を撫《な》でながら、今年は降雪が少くて大したことはなかったと云った。しかし飼犬が働きざかりの五歳になったので、十貫目の猪《いのしし》を単独で倒して見せるようになったと云った。去年は猪を十二頭、鹿を二頭捕ったそうである。カモシカじゃなかったのかとたずねると、

「とんでもない、本当の鹿です」と云った。「伊豆の天城山から移動して来たものでしょう。ちょくちょく見つかります」

西川のヤマメは今年は大したこともないそうである。普段、この川の川下の方は水が絶

えていて、出水があるとヤマメは湖水に流れて行って大きく育ち、次の降雨で川に遡《さかのぼ》って来る。川が小さいので、出水がないと育ちが悪いのだ。出水の繰返された翌年は大きなのが餌に来る。五月、六月、背中に黄色い縞《しま》のある尺取虫で釣ると不思議なほどよく釣れる。この尺取虫はマメブシの木に毎年うんと湧《わ》く。三センチから、四センチの大きさである。魚が嚙《か》んでもつぶれぬほど皮が強いので、一匹の虫で三尾も四尾も釣れるのだ。

よほど前、この川に毒流しをする者がいて、小さな川だからヤマメが絶滅してしまったことがある。そのヤマメというのは、おそらくサクラマスの子ではなかったろうか。河口湖畔の人の話では、昭和五年に県費で河口湖にアユを放流し、昭和七年ごろにはサクラマスの幼魚を放流したという。アユは落鮎《おちあゆ》の季節に平均三寸五分に成長し、湖水の浅瀬で瀬についたが翌年の稚魚を見ることはできなかったそうだ。マスは出水のときみんな西川に遡ってヤマメになった。それが毒流しで一網打尽にされたのだ。

茶店の主人はそれを非常に残念に思って、甲府盆地にそそぐ黒駒川のヤマメの稚魚を三十尾ばかりサイダー瓶《びん》に入れて来て西川に放流した。それが現在西川のヤマメの元祖である。だからこの川のヤマメには、黒駒川のヤマメと同じように朱の斑点《はんてん》がある。しかし河口湖から流れ出る桂川にはヤマメに朱の斑点がない。西川と桂川は河口湖を介在に同じ系統の川でありながら、湖水にそそぐ川のヤマメには朱の斑点があり、湖水から流れ出る川のヤマメにはそれが無いという奇現象を見せている。私の推定だが、桂川のヤマメは湖水から流れ出たマスの末孫ではないかと思う。

今年は河口湖も結氷しないので、ワカサギの穴釣は駄目だから刺網で捕っているそうだ。もう十五年このかた河口湖は結氷しないのである。私は西川の釣もワカサギ釣も諦《あきら》めて帰って来た。

甲州には釣師が多すぎるので、甲州人は他県まで釣の出稼《でかせ》ぎに行く。信州と甲州の国境に五、六年前に出来たカマナシ湖というダムがある。この湖に信州人が釣に来ると、甲州の釣魚組合の監視人が口やかましいことを云って追い返す。甲州人は続々とここへ出かけて行って釣をしているが、信州人はのんびりとしたもので甲州から行った釣師を親切にあしらっている。樫良翁さんがそう云っていた。甲州ではバスやトラックの交通が発達しているために、釣師が四方八方に出て行って活躍する。最近は自動車道路の通じる笹子トンネルが出来たので、わけなく日川《にっかわ》の上流まで行けるようになった。日川の上流から天目山、大和村までは素晴らしい釣場だと云われていたが、今年じゅうに魚が絶えてしまうかもわからない。

樫良翁さんに鹿留川と秋山川の情況を聞くと、鹿留川には絶好の場所が一箇所あることはあると云うだけであった。釣師は取って置きの釣場を人に云わないので、鹿留川か秋山川は樫良翁さんの虎《とら》の子のようにしている川に違いない。

山裾《やますそ》の畑のほとりにミツマタの花が咲き、山は招き川は招くという季節が到来したのである。樫良翁さんが一尺四寸のヤマメを揚げた丹波川は、三月二十一日が解禁だそうだ。笛吹川で一番よく釣れる三富村の天科《あましな》ダムから上流は、四月三十日まで禁漁である。

阿佐ヶ谷の釣師《つりし》

ある物好きな人の統計だが、東京には約四十万の釣天狗《つりてんぐ》がいて、その一割は、地域別、または関係会社別に釣友会《ちょうゆうかい》をつくっているそうだ。私も荻窪《おぎくぼ》の釣友会「荻つり会」の一員である。この会には百二十人あまりの会員がいる。鮎《あゆ》の解禁日、鮒《ふな》の乗っこみの季節、ハヤ釣に好適のときなどには、遊覧バスに分乗して釣の競技に出かけて行く。夜の十二時に荻窪駅前に集合し、バスで釣場に行くと夕方まで釣って夜の十二時までに帰って来る。

荻つり会の会員は、会の名前を染めぬいた葡萄色《ぶどういろ》の小さな三角旗と、金色の鮎を象嵌《ぞうがん》したバッジを持っている。会則によると、会員たちは不断各自に釣に行くときでもリュックサックにその小旗をつけ、胸にバッジをつけることになっている。釣場でこの風体をしたもの同士が顔を合せると、お互に天気の挨拶《あいさつ》をして先輩は後輩に適当な釣場を教えてやる。もし相手が霍乱《かくらん》か何かで苦しみだすような場合には、自分がどんなに調子よく釣れていても、相手を介抱しながら連れて来る。それ以外には何の規約もない。

荻つり会の人たちは、ときたま他の釣友会の人たちと釣の対抗競技をすることがある。

成績は可も不可もないが、全東京釣友会員のハヤ釣の競技会で、いつも一等をとるのは荻つり会の母体である杉並釣友会である。個人的に見ても、一等、二等、三等、みんな杉並釣友会の会員である。二十年前からこの実績は狂わない。

杉並釣友会には、根岸さんといってハヤ釣の上手な人がいる。年は三十七、八だが、ハヤ釣では殆《ほとん》ど神技に近いものがある。この人がいつも一番で、二番は加賀さんという人である。三番はたいてい阿佐ヶ谷の大沢さんという順序だが、この人は今年七十歳で以前はヤマメ釣に耽溺《たんでき》していた釣師である。東京のヤマメ竿《ざお》に大きな変革をもたらしたのも、大沢さんであると云《い》われている。三十年あまり以前には、東京のヤマメ竿は穂先の固い二間半のハヤ竿であった。それが現在のように手元が太くて穂先の柔かい竿になったのは、大沢さんが甲州の佐野川で佐野政一という漁師から教わって改良したのが濫觴《らんしょう》である。ヤマメの釣方も、大沢さんが佐藤垢石《こうせき》に話したのを垢石が書きとめて、鈴木さんという釣師と共著で本にしてから流布《るふ》された。いつか私がその本の題名をたずねると、大沢さんはこう云った。

「あれは何とか云う本だが忘れちまった。何しろ、ずいぶん前のことだ。見たければ、阿佐ヶ谷駅南口の、宇田川蒲団《ふとん》店の御隠居が持っているよ。あのころの俺《おれ》の釣竿も、鈴木に記念にやったのを鈴木が宇田川に遺品にして、宇田川の御隠居が持っている。たびたび釣具展覧会に出品した竿だ」

大沢さんは四十年前に脳溢血《のういっけつ》の徴候があったので、釣でもして死んじまえと釣をはじめたのだそうだ。最初は相模《さがみ》川の荒川橋の釣宿に一箇月逗留《とうりゅう》して、漁師からハヤの釣方を教わったと云っていた。

従来、私は谷川のハヤ釣もヤマメを釣る要領でやっていた。ハヤはヤマメよりも鈍感で、大して人影をおそれないから釣り易《やす》い。それをヤマメ釣の要領で、淵《ふち》の白い泡立《あわだ》ちと青い水の境に餌《えさ》を放《ほう》りこみ、流れに従うと見せながら流して行く。こちらの姿勢もなるべく低くかまえている。糸が伸びきったところで軽く合せてやる。揚げるときにはヤマメを揚げるように、ゆっくり手元に引寄せて竿の手応《てごた》えを楽しんでいる。但《ただし》、ヤマメは川下に揚げるがハヤは川上にあげる。この要領でやっていた。ところが大沢さんにハヤ釣の要領を聞くと、不断ハヤ釣は撒餌《まきえ》をしてやっているということであった。だが、釣の競技のときには撒餌でなく、いつも競技で一等賞をとる根岸さんの釣方に従っているそうだ。

ハヤ釣も或《あ》る意味では難しい。大沢さんの話では、二十年前に全東京釣友会のヤマベ釣の競技会で、とびぬけてたくさん釣った人がいた。物凄《ものすご》いほど釣っていた。根岸という名前である。誰だこの男は、と当人を見ると、まだ十四、五歳の子供である。仕掛を見ると、小さい玉浮木《たまうき》を使っている。風の吹いている日であった。次に、また厚木で競技会を開いたとき、橋の下に行って見ると根岸が流れの端っこで深さ一尺以内のところを釣っている。この日も風が吹いていた。大沢さんはさっぱり釣れないのに、根岸はぞくぞく釣っている。でかいやつを揚げている。それで根岸を見習って浅いところを釣ってみるとよく釣れる。ところが、風が吹き止《や》むと釣れなくなる。風が吹きだすと浅いところがいいようだ。風が吹いても吹かなくても、水底の見えないところがいいことがわかった。深さ一寸でも二寸でも、波があると魚の方から人間が目につかぬ。川底に石が荒くころがっているところがいい。砂場は駄目《だめ》である。

根岸さんの釣方は、小さな二分だまの玉浮木を、水面から二分くらい沈めて流すという方法である。魚の引きがあると軽く揚げ、もし、かかっていないとそのまま入れて流している。合せると魚が逃げるおそれがある。

「浮木を沈ませないと、風の吹く日は浮木の揺れが大きいのは当然だ」と大沢さんは云った。「今では杉並釣友会のハヤ釣の名人は、三人とも小さい玉浮木を沈めてやっている。杉並釣友会はハヤ釣では折紙つきだ」

しかし、浮木を沈めるとなぜ効果があるのだろう。食いこみがいいためか、浮木の抵抗が少くなるためか、魚が軽く引いてもわかるためか。その理由は不明だが、とにかく食いがよくて百発百中だそうだ。こうなると浮木が問題になる。

仕掛は玉浮木の二分だまに、ハリスは三毛、長さは八寸乃至《ないし》一尺。餌は川によっては川虫、ないときにはサシ。三月以後は川虫がいい。四月になるとサシは食いが鈍くなる。オモリはつけなくてもいい。その代りに、小さい丸環《まるかん》をつけて投げいいようにしてもいいそうだ。

丸環は魚の目から見て、オモリとは反対に幾らかでも近より易いものだろうか。水面に落ちるとき、オモリのようなむさ苦しい水音を出さないですむのだろうか。オモリよりも抵抗を少くして水に沈むのだろうか。

オモリと丸環を比較すれば、理由はともかく丸環の方が効果的であるらしい。戦争中、私は徴用されてマレーに行き、シンガポールの陥落した二月十五日に、ジョホールバールの英国陸軍病院長官舎で投網《とあみ》を見つけた。マレー人の下男部屋の入口に掛けてあった。その投網のオモリが金属製の丸環である。試しに芝生の上に打ってみると、鉛のオモリの投網よりも軽く操作ができて意外によく拡《ひろ》がった。それをジョホール水道へ持って行って岸壁から打つと、さっと沈んで行ってイナの子やアジがどっさり獲《と》れた。タツノオトシゴも混っていた。この漁は食糧を確保するためという名目だが、水道の対岸にしか敵弾は落ちないので、こちらの命は安全だし、鉛のオモリの投網より効果的だから悪い気持がしなかった。丸環は縦になって水面を打っても横になって打つにしても、同じ重量の鉛の丸いオモリよりも微《かす》かな音を出すのではなかろうか。流れを素通りにさせながら沈んで行くのではなかろうか。

先日、阿佐ヶ谷の大沢さんを訪ねると、

「明日、俺は荒川へ行く。撒餌でハヤ釣をやるのだが、お前さん行かないかね。どっさり釣れるよ」

　大沢さんはそう云って、ハヤの寄餌釣《よせえづり》の仕方を話してくれた。

　寄餌はサナギ粉である。釣場は堰上《えんじょう》のトロの巻込のところ。水深は三尺くらいのところがいい。絶対にいる場所である。一袋七十円のサナギ粉を土でねって、ボールくらいの団子を三箇つくって、巻込のところに放りこむ。そこにはハヤが水のなかに真黒になるほど集まっている。しかし初めのうちは釣れないので、こちらは一時間くらい辛棒する。二時間くらいたってから次第に尻上《しりあが》りに釣れはじめる。釣れたやつは必ずサナギ粉を腹いっぱい食っている。

　釣餌はオカユねりと云って、うどん粉をオカユのようにどろどろにねった餌である。テンプラ用の弱い粉でなくて、ゴムのようにのびる強力うどん粉をねったものである。そのどろどろのやつを鉤《はり》に引っかけて、細くつながるのを鉤にぐるぐる巻きつけると小さな玉になる。このうどんの玉が水の流れに保つところでなくては駄目である。

　鉤は袖型《そでがた》の一厘《りん》、または二厘がいい。しかし型に従って大きな鉤に取替える。ハリスはテグスまたはナイロンの三毛がいい。浮木のことは聞き忘れたが、唐辛子《とうがらし》浮木の小さいのでいい筈《はず》だ。

　シラハヤでもウグイでも、この種類の川魚はサナギ粉に対しては目がないようなものである。サナギ粉を入れたビンドンの魔力は子供でも知っている。最近のビンドンは合成樹脂で出来ていて、尻に幾つも穴があいているから粉が水流で攪拌《かくはん》されて更に能力を出している。猫《ねこ》にマタタビと云うように、いつの間にかハヤがビンドンのなかに集まっている。サナギ粉の魔力はどんな要素に由来するのだろうか。蚕の時代に桑の葉を食べたせいだろうか。桑の葉に魔力的要素があるのだろうか。サナギから脱却した蛾《が》にも同じ要素があると見え、フキナガシでウグイを釣ると夢でも見ているようによく釣れる。よほど前、私は新橋の魚籃《ぎょらん》堂釣具店の主人と、佐藤垢石の三人で甲州の本谷川へ釣に行き、その帰りに相模川の与瀬《よせ》で垢石からフキナガシの釣方を教わった。餌は蚕の蛾だが、小川亭という釣宿の主人が、近所の農家からボール箱に入れたのを取寄せてくれた。鉤は鮒鉤である。蛾の尻の方から頭に向けて鉤を通し、オモリも浮木もつけないで、蛾をフカンドの水面に浮かせて流す。蛾は生きているからばたばた羽ばたきながら流れて行く。するとウグイが飛びついて水のなかに蛾を引張り込む。

「一尺五寸くらい引いたとき、軽く合せるんだ。釣れて釣れて、却《かえ》って退屈なほどよく釣れるんだ」

と垢石が云った。

その釣場は凄かった。蛾が水面を三尺か四尺か流れる間に、ぐっと蛾が水のなかに引張り込まれて行く。軽く合せると、一尺ちかくのウグイが釣れている。入れ食いだから、蛾をボール箱から出すのが煩《わずら》わしいほどであった。垢石の云った通り、釣れて釣れて却って退屈になったので、魚籃堂も私も釣を止《よ》してボール箱の蛾を川にあけた。百匹ばかりも残っていたろうか。それが水面に落ちると同時に、何十尾ものウグイが雨あられと飛びついて来た。そのときの水面の有様は、まるでバケツにいっぱい入れた石ころを川にうつしたときのようであった。

その後、私はフキナガシの快味を長らく忘れかね、三年後か四年後に一人でまた与瀬へ行った。その次の年にもウグイ釣に行った。餌にする蛾を取寄せることができなかったのでサシで釣った。それでも一尺ちかくのウグイが何尾か来た。

戦後、それも一昨年の初夏、久しぶりに与瀬へウグイ釣に行った。新宿駅で切符を売る駅員は私の釣支度を見て、

「もう与瀬ではなくて、相模湖です」

と云った。繰返してそう云った。釣好きの駅員だと思われる。

私は相模湖の駅に降りて小川亭をさがした。以前の清流は湖水になって風景に大変貌《だいへんぼう》を来《きた》し、駅の付近は盛り場の観を呈していた。やっと小川亭をさがし当てて一泊し、翌朝、おかみさんに聞くと、昔の小川亭のあった場所は向側の岬《みさき》の手前あたりの水底だと云った。

「私どもでは、昔のお客さんが懐《なつか》しくてなりません」と、おかみさんが云った。「でも、たまには、どなたか昔の小川亭を思い出して、ひょっこりおいで下さるお客さんがござい

ます。この前も、伊東深水先生が竿師の東作さんをお連れになっておいで下さいました。ねえお客さん、伊東深水先生のお名前を御存じですか」

「そうだ、たしか聞いたことがあるような名前だね」

「日本で一番有名な画家でございます。昔の小川亭のお客さんと、今の小川亭のお客さんは、すっかり別ものになってしまいました。小川亭もすっかり変ってしまいました」

おかみさんの云う通りだろう。私が初めて垢石や魚籃堂と小川亭に行ったとき、垢石は巻ゲートルを置き忘れて来た。それから三年か四年たって私がまた出かけ、小川亭の土間で弁当を食べてお茶をくれと云うと、奥から女中が垢石の巻ゲートルを持って来て、

「お客さんの声で思い出しました。いつぞやの、お連さんのゲートルでしょう」

と云った。

洗濯《せんたく》してアイロンを当ててあった。私はそのゲートルをリュックサックに入れて来て、たしか垢石に小包で送り届けたように覚えている。カーキ色というよりも緑色に近い貧弱な巻ゲートルであった。

話は別だが、先日大沢さんの経験談を聞いているうちに、私は未《いま》だにぼやぼやしていたことに気がついた。海釣のときとか鯉《こい》や鮒の釣は別として、谷川で釣るヤマメやハヤのときにも、私は「合せる」傾向を大して悪いことと思っていなかった。時によっては、合せまいとしながらも思わず合せていた。また、おぼろげながら、今のは合せない方がよかっ

たと思うこともあった。それが自分の意志に逆らって自然に合せるように手が動いて来る。釣の本にも、糸が伸びきったら軽く合せるのだと云ってある。

「ヤマメは、絶対に合せるべき魚ではない。竿の方で合せてくるからね」

しかし、そう云う大沢さんも、初めのうちの三十五、六年前には合せていたそうだ。それも穂先の固い二間半のハヤ竿で合せていたそうだ。

大沢さんは初めてヤマメ釣をしたときの話をした。三十五、六年前、甲州に富士身延《みのぶ》鉄道の電車が開通し、東京から富士川筋に釣師が出かけて行くようになった。そのころ、新聞にヤマメ釣の記事が出た。「ヤマメのことなら、銀座の服部時計店裏の塗料屋に聞け」と云ってあった。さっそく聞きに出かけると、「ヤマメのことなら富士身延鉄道の車掌に聞け」と云ったので、その晩に甲州に出かけて甲府の宿に一泊した。その翌日、富士身延鉄道の電車に乗って車掌に聞くと、「ヤマメのことなら稲子の佐野政一に聞け」と云った。そこで稲子駅に下車して峠を越え、佐野政一が佐野川で釣っている現場へ辿《たど》りつき、事情を云って佐野に釣案内をしてもらった。この人（現存）は立派な釣師である。二人はいっしょに釣りのぼって、山の宿に寄ってから魚籃《びく》のなかのヤマメを勘定した。

「忘れもしない、佐野は百二十三尾」と大沢さんは云った。「俺は、小さなやつを九尾しか釣れなかった」

佐野の竿は苦竹の二本継ぎで、穂先が柔かくて細くなっている。こういう竿は甲府のキラクという竿屋にあると佐野が云ったので、大沢さんはすぐトラックに便乗して甲府へ行き、同じような竿を買って来た。

佐野は釣場へ行ってから実地に教えてくれた。

「佐野の云うには、合せては魚が逃げる。変だと思ったら、ほんの二寸か三寸、糸が張る程度に揚げてみろ。かかっていたら、ぐぐっと来る。かかっていなければ、そのまま流して行く。佐野がそう云うんだ」

しかし実際にやってみると、どうしても合せている。自分の意志に反して合せてしまう。結局は一尾も釣れなかった。

「すっぽろかしてみろ、ここの上の、いい淵で。ばかな顔して、うっちゃっておけ。佐野がそう云うんだ」

それで、上のいい淵で何げない気持のつもりで餌を放りこむと、ぐっと来て一尺くらいなやつが釣れた。これに気をよくして、ばかな顔して釣っていると、その淵でまた二尾釣れた。

「佐野の云う通りだ。よく本に書いてあるようだが、糸のふけで合せて釣るというのは、ばかなことだ」

穂先の固い竿はよろしくない。胴がしっかりして、ウラが細くて柔かい竿がいい。魚の呑込《のみこ》みがよくて向うから合せてくれ、穂先がしなって魚の引く力が竿の胴へ来るわけだ。

だから魚の自由にならないのである。竿が釣ってくれるのだ。流しきって揚げるとき、合せなくても流れがあるから自然に合せるのと同じ結果になる。合せたやつは十尾のうち三尾は抜け落ちる。断崖《だんがい》の上から釣るときでも、ウラが細いと大きなヤマメも水の瀬に従ってすっと揚がる。竿に調子がついて揚がって来る。

「ハヤ竿では、ヤマメがじったんばったんするからね。穂先が柔かいと、ハリスも細くていい。釣心地もいい。ところでお前さん、釣に行って熊《くま》に遭ったことあったかね」

大沢さんは大菩薩《だいぼさつ》の北斜面へ釣に行き、丹波《たば》川の泉水谷《せんすいだに》で熊に遭った話をした。案内人を連れていた。おそろしく深い谿谷《けいこく》である。日が照っているかと思うと、見る見る霧が立ちこめて来る。日が出たかと思うと、さっと霧が立ちこめる。その霧のなかに、蝙蝠傘《こうもりがさ》を拡げたような黒い丸まっちいものが見えた。人がしゃがんで、落し物を捜しているような形にも見えた。「来た来た、逃げろ逃げろ」と云うので、案内人の先に立って逃げた。後ろを振向いて見ると熊はもういなかったが、沢を渡ると霧のなかに大きな大入道が立ち塞《ふさ》がった。大沢さんは殆ど腰を抜かすところであった。これは後ろから来ていた案内人が、熊を威《おど》かすため新聞紙に火をつけたためだとわかった。その光で大沢さんの影が霧に写ったのだ。

私も霧のなかの入道は何度も見た。ある年の夏、御坂峠《みさか》の茶店に泊っていたときのことである。霧が深く立ちこめた夜、二階の電気をつけて廊下に出ると、私の影が鎌倉の大仏様ぐらいの大きさで霧のなかに現われた。御坂峠の天狗様だと思いたいほどであった。しかし天狗様なら鼻が秀《ひい》でている筈だから、新聞紙を筒にして横向きで鼻にあてがうと、霧のなかの大入道は天狗様に似て見えた。この場合、筒を鼻から下にずらしてあてがうと、影像の天狗様は間が抜けた感じになる。眉《まゆ》のあたりにあてがっても間抜けの感じになる。上でもなく下でもなく、ちょうど鼻梁《びりょう》の中間にあてがわなくては威容が出て来ないのだ。無論、筒を持つ手の影が見えないようにする必要があった。

態に遭ったら火を燃すのがいいそうだ。

最上《もがみ》川

最上川《もがみ》の釣《つり》はどうだろう。しかし、この川は全長七十里に及ぶと云《い》われている。上流から釣って下るのは大変である。なるべく川口近くにそそぐ支流でヤマメ釣をして、本流で鯉《こい》を釣り、川口でスズキを釣ったらどうだろう。そう思って、酒田市山椒小路《さんしょうこうじ》の三郎さんという友達に手紙を出した。ヤマメと鯉とスズキを、一日か二日の間に釣りたいという註文《ちゅうもん》を出した。

すると、ちょうど頃《ころ》あいの田沢川という支流があるから釣りに来いと返事が来た。今年は春が二十日以上も早く来て、鳥海山の雪は五合目まで残っているだけで、田沢川に入る道も雪がとけている。道案内は酒田の根上吾郎さんという釣師に依頼したと云ってあった。私は出発した。道連れは丸岡明、丸山泰司の両君である。

丸岡君は防水服に身をかため、スズキ釣のリール竿《ざお》と、鯉釣の長い竿と、ヤマメ竿を持っていた。釣った魚を入れる魔法瓶《まほうびん》も持っていた。私はヤマメ竿と魚籃《びく》を持って行った。

酒田では、三郎さんが釣師の吾郎さんを引合せてくれ、菊水という旅館の主人も案内に立って一同にぎやかに、田沢川に出かけて行った。東南風の強い日で、農家の風よけのアスナロが大きく揺れていた。月山《がっさん》や湯殿山は雨雲にかくされていた。北側の鳥海山は五合目あたりまで雲に覆《おお》われていた。道ばたにはシャガが咲き、八重桜が散り残っているのにカバレンゲの花が咲き、アスナロの生垣《いけがき》にからんでいるアケビの花はもう凋《しぼ》んでいた。春が一度に来て、さっと駆け去ろうとしているところであった。

田沢の山元というところで、吾郎さんは私たちを石黒順太さんという人品のいい老人に紹介してくれた。この順太さんという人は全村三軒しかない村の元村長で、村長在任中には道路の改良に全力をあげていたそうである。ところが、私たちの行く雪どけ後の道は車の轍《わだち》で捏《こ》ねかえされ、穴ぼこに泥水《どろみず》がたまって車や自転車の通行は殆《ほとん》ど不可能と見えた。「何たることか」と元村長はいった。「私は村長をしていたときには、道路々々と云っておったので、道路馬鹿《ばか》と云われておりました。町村合併になってから、道路がこんなことになりました」

「失礼ですが、御隠居さんは、今年お幾つでございますか」

「六十八歳になります」

「ヤマメ釣は、何年ぐらいおやりですか」

「いいところ、四、五十年でございますな」

ヤマメの事は当地ではヤマベと云い、雌のヤマメは絶対にと云っていいくらい釣れないそうだ。

川の右岸沿いに山道が続いていた。対岸は見上げるように高い絶壁で、それも何という岩質かしらないが、つるりとした肌《はだ》の一つ一つの岩山になっている。その麓《ふもと》に繁《しげ》っている新緑の闊葉樹《かつようじゅ》が、激しい風にあおられていた。

「こういう東南の風は、ここではクダリの風と云います。ここからずっと川上に行くとイワナがいます」

と吾郎さんが云った。

いい淵《ふち》が次から次に出て来るので、私はみんなを遣《や》りすごして釣の支度をした。餌《えさ》は東京から持って行ったスズコである。風が強くて竿を持つと糸が木の枝に懸った。目ぶかにかぶったハンチングも吹きとばされそうな強い風である。それで私はナマリを少し大きくして、汽車のなかで丸岡君から貰《もら》った玉浮木《たまうき》もつけた。淵をのぞいて見るとヤマメの姿が見えていたが、一時間ばかりねばってみても浮木がちっとも反応を見せなかった。

こんな場合は餌を変えるがいいと釣の書物に書いてある。また、そこらでイタドリの虫かエビヅルの虫を見つけて取替えるがいいと書いてある。しかしイタドリもエビヅルも見えないので、丸山君や丸岡君の釣りはじめているところを追い越して川上に行った。元村長の御隠居は平たい岩に腰をかけ、川上を背にして淵に糸を垂れていた。ひっそりとして鮒《ふな》でも釣っているような恰好《かっこう》だが、思いなしかその釣姿が板についているようであった。

浮木はつけていなかった。餌はミミズを使っていた。

いつの間にか風の方向が正反対になって、川上の方から吹きおろしていた。

「御隠居さん、風の向きが反対になりましたね。谷が曲りくねっているためでしょうか」

私は声をかけてみたが、流れの音に消されたようであった。

「御隠居さん、風が変りましたね。釣れますか」

大きな声を出すと、御隠居さんが振向いて指で丸い環《わ》をつくって見せた。

私は御隠居さんの釣方を暫《しばら》く見物して川下の方に引返して行った。すると丸岡君が菊水の主人と並んで釣っているのが見えた。もう日が翳《かげ》って風が落ちていたが、二人とも玉浮木をつけ、淵に対して姿を露出させていた。ところが丸岡君が釣りあげた。菊水の主人も釣りあげた。ミミズで釣っているのである。

「よっぽどヤマメのいる川なんだな」

私が山道に立って見ていると、吾郎さんがやって来て、

「これで釣ってごらんなさい」

と云ってミミズをくれた。

丸山君は川上に場所を変えて行ったので、私は川に降りて行って丸山君の釣ったあとの淵にミミズの餌を振込んだ。すると殆ど同時にぐっと来た。揚げてみるとヤマメである。こんな川は珍しい。丸山君のさんざん釣ったあとで、しかも傍《そば》に菊水の主人が立ってい

るのに苦もなく釣れる。いい川である。私は気負って二度目の竿を振込んだが、ミミズが木の下枝に懸った。それをはずそうとして強く引張ると、糸が切れてミミズと浮木が木の枝に残って、手元の糸がもつれてしまった。菊水の主人はもう釣りあきて竿仕舞をしていたが、私の失策を見かねて糸をほぐすのを手伝ってくれた。次に三度目に振込むと、糸がまた木の枝に懸った。さっきのミミズと浮木がぶらさがっている同じ枝の、しかも同じ場所に糸が懸っていた。私は糸の手元を大きく引張った。すると、さっきのミミズや浮木と一緒にうまくはずれたが、傍にいた菊水の主人が苦笑いを見せていた。

「しかし、いい川だ。大したものだ」

私は川から出て菊水の主人と一緒に山道を下った。途中、湯の湧《わ》き出ている井戸がある。「霊泉」と云うのだそうだ。柄杓《ひしゃく》を備えている清水もあった。約一キロ半で人家のあるところに出て、炭小屋のところでみんなが引返して来るのを待った。風は落ちていたが寒かった。女の子が十人ばかり隊をつくって、拍子木を叩《たた》きながら火の用心にまわっていた。

一軒焼けても国の損（カッチカチ）火の用心。
竈《かまど》のまわりを廻《まわ》りましょう（カッチカチ）火の用心。
マッチ一本火事のもと（カッチカチ）火の用心。

澄んだ綺麗《きれい》な声である。道ばたで桶《おけ》の毀《こわ》れたのを修繕していた親爺《おやじ》さんが、その女の子

の群れが通るとき、

「御苦労さん」

と声をかけた。

みんな日の暮れる前に炭小屋の前に集まって酒田市に引返した。菊水ホテルに帰って来ると、番頭が丸岡君の魚籃を見て、

「庄内のヤマベは北海道のヤマベと同じです。雌は一ぴきもいませんですね。雄はみんな海に下ってしまいます」

そう云ったので、番頭に詳しい説明をしてもらった。

私たちの釣って来たヤマメは、側面に小判型の黒い斑点《はんてん》が八つあるのと九つあるのと二種類で、その斑点と互い違いに背中に薄黒い隈取《くまど》りが出来ていた。朱の斑点は無くて、その代りに小さな黒い斑点が下腹部にある。背中にも砂粒のような小さな黒い斑点がある。

動物学者の説によると、朱の斑点のないヤマメは寒流の海から遡上《そじょう》したマスの子の陸封《りくふう》になったものである。ところが菊水ホテルの番頭の説によると、マスは土砂降りのとき海からのぼって来て、八月九月ごろ谷川の水深五寸から一尺くらいのところに穴ぼこを掘って産卵する。それを谷川のヤマメが傍で待受けていて、マスが穴ぼこから出るとマスの卵に白子をかける。マスのなかには一度に卵を産まないで、少しずつ産むやつもあるが、ヤマメは間違いなくそれに白子をかけてやる。そうして生れた稚魚は雌の方が川を下って

マスになり、雄の方は川に残ってヤマメになる。

「では、ヤマメには絶対に雌はいないんだろうか」

と丸山君が云うと、

「殆んど例外ないくらい、みんな雄ばかりです。北海道のヤマメも同じです。私は北海道の生れです」

と番頭が云った。

「今日、田沢川へ案内してくれた石黒さんも、それと同じようなことを云っています」と釣師の吾郎さんが云った。「石黒さんは、ヤマメが穴ぼこのところで待っているのを、たびたび見たそうです。マスの産んだ卵は、スズコのようにばらばらになっています」

数年前に、私は下北半島の大湊《おおみなと》の町長さんからも同じようなことを聞かされた。恐山のウスリー湖へ行くときのことであった。その町長さんは、ウスリー湖から流れ出る川の薬研《やげん》というところがヤマメの宝庫だと教えてくれ、薬研のヤマメはマスの卵に白子をかけるのだと云った。すると、こういう仮説が成立しないだろうか。庄内のヤマメが事実マスの卵に白子をかける習性なら、私が田沢川へ小粒のスズコを釣餌に持って行ったことは間違っていたかもしれぬ。もし九月十月のマスの産卵期なら、スズコの餌にはヤマメが白子をかけたろう。一方、こんなことも云えないだろうか。八月九月の候に庄内や津軽の川にマスの卵をどっさり沈め、ヤマメに白子をかけさせて繁殖させてやる。するとヤマメ釣の宝庫となるのは勿論《もちろん》のこと、マスの稚魚を繁殖させてやることにもなる。

「明日は、最上川の川口の釣がいいでしょう。鯉釣は池で間に合せることですね」

山椒小路の三郎さんがそう云ったので、私は丸岡君や丸山君と相談して、最上川本流の鯉釣は池で間に合せることにした。その代りに吾郎さんや釣師の朋晴さんから本流の釣について話を聞いた。

最上川では黒鯛《くろだい》は川口から一里半上流まで遡上する。釣る餌はエビか穴ジャコである。穴ジャコというのは穴に入っている小さい一種のシャコだそうだ。ボラは川口から十里以上の清川というあたりまで遡《さかのぼ》る。清川八郎の生れたところである。この魚は目がいいので細い糸で浮木釣をするかハエナワで獲《と》る。餌はゴカイをつける。

「そうだ、ゴカイはヤマメ釣にもいい餌です。最近、それが発見されました」

と朋晴さんが云った。

最上川では鯉の二貫目ぐらいなのが釣れるそうだ。餌はイモ、イソメ、ゴカイ、または石ビルと云う黒い蛭《ひる》を使っている。石ビルをつけると、鯉のほかに鮒や鯰《なまず》が来る。

スズキも清川あたりまで遡る。この魚は他の魚を捕って食うので、二寸から三寸の鮒の背鰭《せびれ》に鉤《はり》をかけて生餌《いきえ》にする。他には泥鰌《どじょう》、八目鰻《やつめうなぎ》。これも背鰭に掛け、エビならば尻尾《しっぽ》に刺す。ゴカイなら、岩イソメを口から刺して先にゴカイをつける。魚を捜して釣るときにはこれに限る。スズキは浮魚だから川では浮木下は一尋《ひろ》半ぐらいがいい。深みから浅場にかけて水のえぐれているところが釣場だが、不断こんな場所は鯉の巣になっている。しかしスズキが釣れるときには鯉は釣れぬ。鯉が釣れるときにはスズキが釣れぬ。スズキが鯉を追い散らすからである。だからスズキが釣れぬときには餌をイモに取替えると鯉が来る。リールの場合は投げるとすぐ伸ばして糸をくれてやり、淀《よど》みで落着かせてからリールを停《と》めて当りを待つ。

ざっとそんなような話であった。

最上川には鮭《さけ》ものぼるが網で獲るのだから話を略したい。しかし鮭をゴロビキで釣ったらどんなものだろう。いつか福島の駅で偶然に東京新聞の以前の記者に遭い、釣の話になってその人は九頭竜《くずりゅう》川で鮭をゴロビキで獲った話をした。竿は物干竿くらいの太いやつを使ったと云っていた。

翌朝、私たちは餌を仕入れるために橋のたもとの釣具屋に行った。入口の黒板に「昨今の釣」と題して、献立表のように魚の名前を書き並べてあった。

「これはいい、うららかだ」

と丸山君が云った。

そこへジャンパーを着た妙齢の美女が釣餌を買いに来た。長めの袖口《そでぐち》を折返し、手に竿袋と魚籃を持っていた。さすがに釣の盛んな町である。酒田市は人口十万で釣天狗《つりてんぐ》が五千人いるそうだ。

「いいですね、これもうららかですね」

と丸山君が、美女を見て私に囁《ささや》いた。

私たちは吾郎さんと朋晴さんに案内されて川口の突堤に行った。この突堤は港が土砂で浅くなるのを防ぐために造られたものである。川口から川上に向けて川を縦に区切った突堤で、根元は陸つづきになって川の流れを遮断《しゃだん》し、四町、五町ばかりの先に千メートルのコンクリート造りの堤が続いている。いっぷう変った構築である。堤を堺《さかい》に一方は港、一方は川である。港に向って正面に町と日和山《ひよりやま》が見え、その向うに雪をかぶった鳥海山が見えた。その裾《すそ》の出っぱりが吹浦の崎である。川に向って正面に温海山《あつみ》が見え、その左手に雪をかぶった月山がある。松尾芭蕉は酒田で「温海山や吹浦かけて夕すずみ」の句を残し、それが日和山の句碑に刻まれている。もうせん私は酒田に来て、三郎さんとチャッカーで海釣に出たが、そのとき三郎さんが突堤のすぐ先あたりを通るときこう云った。

「ここから見ると、芭蕉の詠《よ》んだ温海山の句がわかるでしょう。たぶん五月雨《さみだれ》の句を詠んだ後に、蒸暑い日があったんでしょうね。夕涼みの船に乗って、このあたりまで出たものと思われます。芭蕉は豪快な句が好きな人ですね」

酒田の町からは吹浦の崎は見えないのである。

突堤の出鼻に二十人三十人ばかりの人が釣をやっていた。港の方を釣る人もあり、川の方を釣っている人もあった。

吾郎さんと朋晴さんは私たちに餌のつけかたを教えてくれた。鉤いっぱいに岩イソメをつけ、その先にゴカイを長く垂らしてつける。オモリは一匁《もんめ》くらいの板ナマリである。竿を振込むとコヅキの要領で極めて微弱に竿先を上げ下げする。来たらよく呑《の》ませてから引上げる。これは港の方の側の釣方で、川の方の側ではスズキを釣るのだから浮木釣である。

私は川の方も港の方も試したが一向に釣れなかった。丸山君も吾郎さんも朋晴さんも釣れなかった。吾郎さんの舎弟も釣れなかった。ときどき大波が来て突堤の上を洗うので、魚籃や餌箱が流されないように気をつける必要もあった。風もあるし潮順も悪かった。かれこれ二時間ばかりたっても誰も釣れなかった。ところが「釣れた、釣れた」と丸山君が云った。四寸くらいのダボハゼだが、

「漁獲第一号。僕も、昔は釣をしたことがあるんです」

と丸山君が云った。

川の対岸は、ボウフウの採れそうな砂丘になっている。千鳥が何十羽となく群れをつくって砂丘の上を飛びまわり、その手前にはタグリ網の漁師が忙しそうに網を手繰っていた。魚の群れのいない筈《はず》はない状景だが釣れなかった。

「釣った、釣った」

と丸山君がまた云った。

やはりダボハゼだが、

「漁獲第二号」

と吾郎さんが云った。

他の釣師たちも一向に釣れていなかった。私たちはもう引揚げることにして土の堤のところまで引返したが、風が凪《な》ぎはじめていたので水際《みずぎわ》に降りて試してみた。すると吾郎さんの舎弟が大きなアイナメを釣り、つづいて丸岡君がメバルを釣り、私がアイナメを釣った。吾郎さんと朋晴さんは釣を止《よ》して私たちの釣るのを見物した。丸岡君は長い竿に取替えて、吾郎さんの舎弟と交互に何か釣りあげていたが、やがて大きな魚を引っかけた。

「ボラだ」

と云って、吾郎さんが堤の上から降りて行った。

丸岡君の竿は弓なりに曲り、緊張しきった道糸を引いて浮木が前後左右に水面の可成りの範囲を走りまわった。それが次第に手元に寄って来て、ボラが浅瀬のなかに見えて来た。私はその場の丸岡君の感懐を伺いたい。ボラが暴れるのを諦《あきら》めたように岸に寄ると、吾郎さんがタモ網を使わないで水のなかから摑《つか》み取った。大きなボラだが、目が赤い種類だから赤目ボラというのだそうである。

この日の釣果《ちょうか》は、私のアイナメ一ぴきに対し、丸岡君は大きなボラとアイナメその他どっさりであった。私は釣にかけては丸岡君より年数だけは経ているが、それは例えば自分は大山名人や升田名人よりも棋歴が長いと云うようなものである。

翌日は三郎さんの案内で本間美術館のわきの池で鯉釣をした。数年前、私は奥入瀬川《おいらせ》の帰りにもこの池で釣らしてもらったが、ヤマセが吹いていて鯉も鮒も一ぴきも釣れなかった。そのときの餌はミミズであった。今度は吾郎さんのこさえてくれた団子が餌である。私の竿は穂先の細いヤマメ竿で、仕掛の八毛の道糸も田沢川へ行ったときのままである。無論、鯉が来たら一とたまりもないが、私は団子の餌をつけて睡蓮《すいれん》の葉のまばらになっているところに入れた。かれこれ十分か十五分くらいも待ったろうか。ゆっくり浮木を引くので軽く合せると、ぐっと重い手応《てごた》えがあって竿先が曲った。四寸か五寸くらいの鯉だろうと思った。ところが鉤を取られる瞬間に、ちらっと見えた鯉は一尺くらいもあった。

私は一厘《りん》以上の糸を持っていなかったので、道糸もハリスも一厘にしてまた大きな団子をつけた。泉水《すいほう》で人馴《ひとな》れしている魚だから、前に餌にした団子が撒餌《まきえ》となって、魚の寄っている証拠の水泡が盛んに立ちのぼった。今度はすぐに来た。最初と同じくらいの手応えで、道糸一厘だから八毛よりも幾らか長く保って切れた。睡蓮の茎が邪魔をしなければまだ手応えを堪能《たんのう》できた筈である。

次に三度目には同じ仕掛で団子を小さくした。理想を云えば、糸がやっと保つ程度の鯉と綱引をしたいのであった。ところが今度もすぐに来たが強い引きで、水際に姿を見せた鯉は一尺ちかいと知れただけであった。糸はオモリのところから切れていた。

池の向側にいた三郎さんが二厘のナイロンを貸してくれた。今度は大きな団子をつけて前と同じ場所に入れた。すぐに前と同じように強く来た。凄《すご》い引きである。私は竿の手元を抜いて慎重に矯《た》めて行った。睡蓮の葉の間に見えた鯉は、二尺ちかくのどっしりしたやつである。ヤマメ竿の細い穂先だが、折れないのが不思議なようなものである。

「おい、誰かタモ網を取りに行ってくれ」

と対岸で三郎さんが云った。

「いや結構です。こうやっていればいいのです。やあ、でっかい鯉だ」

その後は何を口走ったか私は覚えない。

糸を張りきると、鯉は睡蓮の葉の間を分けて静かに近づいてきた。ときどき思いついたように抵抗を見せ、そのつど少しゆるめてやると静かにした。苦しい息を吐いているのが手に伝わって来るような気持がした。こういう温情は釣では禁物である。鯉は私の不意をねらって水の底にもぐろうとした。周章《あわ》てて竿を立てなおそうとすると、相手は睡蓮の葉の重なる間に分け入って、糸を張っても効力のないようにした。鯉と綱引することが出来なくなった。私は竿を逆にして竿尻で睡蓮の葉を退《ど》けようとしたが、糸と間違って穂先を曲げて持っていた。それに気がついた途端、鯉は水音と共に池の底に逃げこんだ。これで当日の釣は打切りにした。

その夜、吾郎さんの話では、川口には一尺五寸ぐらいなスズキの大群が寄って来て、丸岡君と丸山君は、ミミズを餌にして盛んに鮒を釣っていた。釣師たちは何十尾も釣りあげたそうである。夕飯がすんでから、私は酔っていたが三郎さんとスタンド酒場へ行った。最上川の釣について三郎さんの総論というようなものを聞きたかったためもある。三郎さんは私が酔っているから忘れないように書いてやろうと云って紙ぎれに何やら書いてくれた。私はそれを財布に入れ、その財布はドテラの袖に入れて旅館に帰って来てそのまま寝床に就いた。翌朝、出発間際になって財布が見えないので、受持の女中にドテラを出して来させたが見つからない。女中は蒲団《ふとん》の間にあるかもしれないと云って捜しに行った。ふと見ると、鏡台に立てかけた魚籃のなかに私の財布があった。

「もういいよ、姐《ねえ》さん。あった、あった。魚籃のなかにあった。酔っぱらって、財布と魚を間違って魚籃に入れたんだろう」

私が廊下に出てそう云うと、筋向うの部屋で丸山君の笑い声がした。

——今、財布のなかの紙ぎれを出して見ると、三郎さんが次のように書いている。

「最上川の釣について一言しておきたいことは、池田藤弥という老釣師の存在を無視してはならぬことである。この人は昔の非政友の政党、有恒会の会長で庄内政界の大御所であった。稀《まれ》に見る枯淡な老人で、政界引退後はハゼ釣に余生を捧《ささ》げ、今でも最上川のハゼ釣はこの人の右に出る人はない。もう七十歳を越した老人だが、自分で船を漕《こ》いで出て釣っている孤独な釣人である。ハゼでは恐らく日本の第一人者だろう。尚《なお》、庄内では昔から藩公が尚武《しょうぶ》の気風を重んじて家臣に奨励した結果として、釣のことを勝負と呼んだ。釣というものをおろそかには思わない。釣竿の製法も一種独特である。これについては釣竿の権威、本間祐介、中山賢士の両氏について解説を受けるがよい。釣を語る仁にして釣竿に意を寄せないのは片手落ちである。本夕、貴兄と交す送別の酒杯を前にして、余は貴兄に云う。酒をつつしめよ」

三郎さんは酔っていたにしては、しっかりした筆蹟《ひっせき》で書いている。

マスの遡る川のヤマメとマスの関係について、北海道稚内《わっかない》の釣師である山田恵三さんは次のように云っている。恵三さんはタローという南極へ行った犬の元の飼主である。

恵三さんが今までに釣ったヤマメは数万尾に及んでいるが、まだ一尾も雌を釣ったことはない。マスの子とヤマメの子は確実に違っていて、マスの子は北海道では銀子と云って四月五月ごろよく釣れる。これは殆《ほとん》ど海に下って六月ごろ海のイワシ網にたくさん入る。一方、ヤマメの子はマスの子と違い赤い斑点《はんてん》がある。九月初旬、中流から上流の奥地に遡ったマスの親は、浅瀬で雌雄二尾（必ず二尾いて）卵を生み白子をかけ、交互にかけて一週間から十日くらいで産卵を終る。恵三さんたちはこの時をねらってヤスでマスを突きに行くのだが、マスの産卵しているそばにはヤマメが真黒になるほど群がっている。この時季を限ってヤマメの白子が無くなるのだ。稚内方面や根室方面では、マスの遡らない川には絶対にヤマメがいないのだ。それで結論は、マスのスズコがヤマメの白子を受精されて生れたのがヤマメであり、マスの子である銀子は、マスの雌雄の間で産卵受精されて生れたものである。

「私の考えでは、マスの子が海に下らないで陸封になった場合、おそらく幼年時代は雌とも雄ともはっきりせず、次第に成長するに従って周囲の環境で全部が雄になってしまうのではないかと思うのです。それでなければ、朱の斑点のある小さな一寸たらずのヤマメの子がいるのに、一尾の雌もいないというのは理窟《りくつ》にあわぬと思います。またあの小さなメダカ同然のものが、何十里も川を下って雌だけが海へ下るのはおかしいと思います」

恵三さんはそう云っている。

一方、函館の中島渓風さんという釣師は次のように云っている。この人は生物の栄養素、活力素の研究家だが釣魚に関する著書も数冊ある。

雌のヤマメは雄よりも顔つきが優しい。雌は、生後満二年以上のものはなかなか生餌《いきえ》では釣れないが、極めて稀に六月か七月ごろ山奥の川で餌で釣れることがある。たいていの人は生後満一年以下の雌のヤマメを釣って、それが雌であることに気がつかないでいる。雌は悧巧《りこう》なのか臆病《おくびょう》なのか。三年子になるとなかなか餌に食いつかない。

本来、ヤマメとマスは同じ種類の魚でありながら、人間がマスという名称とヤマメという名称にこだわるから話が面倒くさくなる。マスからヤマメになるのではなくて、ヤマメはもともと川魚だが成長するために川の終点である海に行き、その生育に必要なための塩分と餌と活動を得ようとするものだ。海は川の終着点であり、その帰納である。人間が大きなヤマメを勝手にマスという名前で呼んでいるにすぎないのだ。しかし、ヤマメも海にいれば鱗《うろこ》が必要だ。丈夫な歯も必要であり、銀色の保護色はマスの游行圏《ゆうこう》内のそれである。アユなども海にいる稚魚のときと、川に遡上《そじょう》して石のヌラを食うようになってからでは歯の形に大きな相違がある。ヤマメも川にいれば鱗の必要はないが粘膜質の皮膚が必要で、いろいろ複雑な保護色が必要となって来る。従って海の生活では先《ま》ず体長が伸び、川の生活では体長はそれほど伸びないが幅が厚くなる。歯は虫を銜《くわ》えて逃がさないような組織のものが必要となって来る。小さなヤマメの子も海に出れば大きなマスになり、大きなマスの子も川にいれば小さなヤマメである。海の生活の長さが体長を決定する大きな要因の一つである。生れた翌年春に海に下れば立派なマスと呼ばれ、満一年以後に下ったものはサクラマスと呼ばれている。鱗や歯は海の生活の長さに正比例して変化する。

春、川下の水が適温になると、ヤマメは（主に雌は）出水の混濁を利用して海に下り、自分の生れた付近に遡《さかのぼ》って来て再び海に出ることがある。また、春や夏の出水のとき海に下ることが出来なくて、秋の出水で海に出てから一度川に遡り、自分の古巣の付近を見て海に下ることがある。また、ヤマメと呼ばれ二年間を川で暮して秋の出水で海に下り、あるいは三年目の春に海に出て、一度古巣を見に来てから海に下ることがある。また、海に出てから川に遡り、そのまま居残ってヤマメになるものと、遡って海に下り、再び遡ってヤマメになるものがある。

ヤマメはせっかく海に下っても、水温が高ければすぐ川に遡る。これはピンコヤマメと云われ、大きくなれないままに鱗をすでにつけている。水温のほかに何かの条件で海の生活に耐えられなければ川に残り、海の生活に自信があれば海に出る。産卵という一大目的のためには本能的に川に遡る。但《ただし》、海で急速に大きくなったものは、水分と灰分が多くて食べての味がよくないのだ。この水分と灰分を味覚から分離すればいいのだが、それはフライにすることによって目的を達することが出来る。また、よく水洗いして（小さく切って）水分を圧搾《あっさく》し、塩と麴《こうじ》を加えて攪拌《かくはん》し塩カラもしくはキリコミにすれば美味である。この場合、塩のナレルまで密封して暗所に置けばよい。

これが渓風さんの説である。

庄内竿《しょうないざお》

先日（五月下旬）高島屋で魚拓展覧会が催され、その会場に特別出品による各地の定評ある釣竿《つりざお》が陳列されていた。みんな名竿《めいかん》だと云《い》われている由緒《ゆいしょ》ふかい竿だそうだ。好事家《こうずか》の話によると、釣竿は調子がよくて実用むきであると同時に美的であって、見る目に気品の高いものでなくては逸品と云われない。昔の人の刀と同じように、実用品であり鑑賞用具ともなっているわけだ。そういったような釣竿が陳列されていた。そのなかに嘗《かつ》て私の見覚えのある数本の庄内竿《しょうないざお》があった。これは酒田市の本間美術館長、本間祐介さんの出品したものである。この前、私は酒田へ行ったとき祐介さんからそれを見せてもらった。庄内竿の特徴についてもいろいろ説明してもらった。祐介さんは子供のころから釣と釣竿が好きで、それが昂《こう》じて竿師の山内という人から庄内の標準竿のつくりかたを伝授されたそうである。

「私は山内さんの晩年、数年しか交際を願えなかったわけですが、あの人は庄内竿師の最後の名人と云ってもいいでしょう」

祐介さんは広間に釣竿を並べて見せながら云った。

「あの人は、藪《やぶ》で気に入った若竹を見つけても、五年たたぬと絶対に切らなかった。私が誰かに切られてしまうと心配しても平気でした。それと云うのが、一般の人はずっと先まで伸びている竹に目をつける。しかし実際にいい竹は、先から四分の一くらいのところに張りを持っているのです。山内さんに云わせると、竿は根元を残すことが難しい。根元から上の七寸八寸、うまく伸ばしているかどうかで竿の良否がわかるんだ。それから、穂先のつけかた一つで竿の生命が決定されると云うのです。あの人のところには、晩年、穂先のついてない竿が五本か六本かありました。それを作ってから二十五年も経たのにかかわらず、気に入った穂先が見つからないと云うのです。恐らく生きてるうちには見つからないだろう、と云っておられました」

竿師気質というのであろうか。山内という人は、生前に一度、自分の非常に気に入った竿を一つ作ったが自分では使わずに、ほんの一度だけその竿に海を見させただけであった。これを「磯《いそ》見せ」または「海見せ」と云っていた。その釣竿を鶴岡《つるおか》の旧家の小野寺という旦那《だんな》が所望して、願望三十五年ぶりに漸《ようや》く手に入れた。当時、たまたま酒田で釣竿の展覧会が開かれることになった。その会長の祐介さんは、小野寺さんにその竿を出品してもらう内諾を得て、三郎という十五歳になる小僧を使いにやった。ところが三郎は、そのとき宇野香山という旦那のところで借りた長い竿を一つ肩に担《かつ》いでいた。やはり展覧会に陳列するためである。それを見た小野寺さんは、小僧にその竿の持主の名前をたずねてから、こう云った。

「ほかならぬ酒田の本間様のお頼みだによって、自分も竿を出品する承諾をした。しかし承諾はしたが、香山の竿と俺《おれ》の竿を一緒に担いでもらうことはお断わりする。お前、いったん酒田へ香山の竿を持ち帰って、改めて出なおして来たらどんなもんだ。いや、せっかくだから、こうしたらいい。香山の竿は左手の肩に担ぎ持って、俺の竿は右の肩に担ぎ持って行け。酒田に帰るまで、どんなことがあっても、絶対に俺の竿を土べたに置くことはならんのだ」

小僧はその厳命にしたがって、左右の肩に竿を担いで引きとって来た。二つとも長い竿である。鶴岡から一里半ほどの押切という辺まで帰って来ると、小僧は小便がしたくて我慢ならなくなった。それでも小野寺さんの厳命がある。竿を地べたに置くわけには行かないのだ。次第に頭がしびれ、目がくらんで来たが、幸いキャベツ畑が見つかった。キャベツなら食用にする綺麗《きれい》な野菜である。野菜をきざむ俎《まないた》と同じくらい清潔だ。それで小僧は竿をキャベツの上に置いて用を足し、無事に竿を持って帰って来た。

展覧会が終って今度は竿を返す段になった。最近の大衆竿のような継竿でなく、長い一本竿だから汽車やバスに乗って持ち運びは出来ないのだ。自転車に乗って竿を担ぐには、よほど竿を扱いつけているものでなくては縮尻《しくじ》る心配がある。やはり担いで返しに行くよりほかはなかったが、あれほど難儀をした小僧に、もういっぺん担いで行けと云うのは阿《あ》漕《こぎ》なような気がするので、祐介さんは一計を思いついた。小僧には汽車で鶴岡まで先廻《さきまわ》りをさせ、祐介さん自らが自転車で鶴岡の町の入口まで竿を持って行って小僧に渡す。小僧は酒田からずっと担いで来たと先方へ見せかけて返して来る。そういう段取で無事に返すことが出来た。

このように釣竿を大事にする風儀の保存されている庄内である。庄内の海では魚がよく釣れるそうだから、この風儀が残っているのだろうか。地図を見ると庄内の海岸線は、新潟県との境の鼠《ねず》ヶ関《せき》から、秋田県境の有耶無耶《うやむや》ヶ関に到るまで、ずっと一本調子で大した変化がない。その代り海岸の随所に大小の岩礁《がんしょう》が露出して、その海岸線の中心部が大量の水をそそぎ込む最上川の川口である。こんな条件が魚族を喜ばせることに役立っているのだろうか。ここの海は魚の宝庫だと庄内の釣師が云っている。

しかし私の経験ではそれが立証されたとは云われない。よほど前に、私は有耶無耶ヶ関の手前の吹浦沖で船釣をして、テンビン釣で約三時間かけて白キスを七尾しか釣れなかった。そのときには一緒に出かけた小田嶽夫《たけお》君も釣をして、小田君は私より二尾か三尾か余計に釣っただけであった。その前日には最上川口でハゼ釣をしたが、こんな筈《はず》ではないと首をかしげるほどくらいしか釣れなかった。十月下旬のことで、野鴨《のがも》が岸の近くに浮いていた。小田君が狙《ねら》いをつけて石をぶつけると、鴨の嘴《くちばし》の先をかすめたが、鴨は人間を侮《あなど》っているかのようにその辺をぐるぐる泳ぎまわっていた。

「釣れないもんだから、鴨まで人をばかにする。風景でも見ることにするか」

と小田君が云った。

ここの風景は雄大である。奥羽《おうう》第一の高山と云われる鳥海山が見える。庄内の観光案内のパンフレットによると、朝日を片面に浴びたこの山は海上に影を投げかける。これは影鳥海と云って他に類を見ない奇観である。山頂には森閑とした火口湖がある。そう説明してあるが、私はこの山には二合目まで登っただけだ。案内記にある以外のことはわからない。二合目のヒュッテのわきに細い谷川が流れていた。この川でヤマメが釣れるかとヒュッテの人に聞くと、釣れないものでもないが、ここへ釣りに来る人はないと云っていた。冬、この山にはスキー客が来るそうである。

最上川口のハゼ釣は、船でない場合は岸づたいに歩いて餌《えさ》を川下に引きずって行きながら釣る。私はこの釣をするとき、酒田山椒小路《さんしょうこうじ》の三郎さんから庄内の合せ竿というのを借りて使った。穂先が細くて長さは六尺、手元が六尺の二間竿である。これは旧藩時代に弓師が弓を作る技術で創製したもので、薄く削った四枚の竹を重ね合せて細く削ってある。可愛《かわい》い海魚のメジナを釣る目的の竿である。この魚は風の強い日によく釣れる。白波の砕けるなかでよく釣れる。だから竿の先が揺れないように、風切りがいいようにするために、竹の皮と身と、皮と身を四枚、互い違いに合せて削ってある。合せるのが三枚ではいけないのだ。四枚、六枚と、偶数でなくてはいけないのだ。弓をつくる工程の一つの竹を合せるのと同じ方法で、ニベを使って固く合せるのだそうだ。

祐介さんの話では、この合せ竿の製法は暫《しばら》く湮滅《いんめつ》していたが、中山先生という人と二人で昔の合せ竿を研究して、一年かかって四本つくったそうだ。祐介さんが某旧家の持っていた五百本あまりの竿のうちから、確かに明治時代の釣師で竿師の勘兵衛という名人の作ったと思われる二本の合せ竿を見つけて譲り受けた。それを中山先生に見せると、拡大鏡を出して来て見ているうちに「わかった、わかった」と雀躍《こおど》りして喜んだ。

「勘兵衛という人は、明治二十九年まで生きていた弓師なんです」と祐介さんが云った。

「竿作りの名人で釣も名人です。ところが或《あ》る日、勘兵衛が倅《せがれ》を連れて釣に行った。どういうものか勘兵衛はさっぱり釣れないのに、倅の方はヒタヒタ釣りあげる。家に帰ってから倅が自慢して『お父さんが餌のエビを分けてくれれば、もっと倍も釣れたのに』と云うと、母親が『あなた、もっとエビを分けてやればよかったに』と云う。すると勘兵衛は、ひときわ声を張りあげて『勝負の道は、女ベラの知ったことでない』と女房を叱《しか》りつけたことでした」

庄内では釣のことを「勝負」と云っている。藩公が武道または身心鍛錬の道として、家臣たちに奨励していたためである。当時の武家たちは、鶴岡の城下から海辺まで夜明け前の淋《さび》しい山路を越えて行き、岩に縋《すが》りつくようにして荒磯へ降りていた。身体の鍛錬になる。その釣場には大きな波が岩に砕けている。「勝負」の目的が大きなタイなら四間の庄内竿、テンコ（メバル）なら二間半くらいの竿である。当時、どのくらい数を上げるのが記録的な漁だったろうか。

文久時代に鶴岡藩士の書いた「垂釣筌《すいちょうせん》」という書物には、文化初年、大久保某という藩士が三瀬《さんぜ》のオソの澗《ま》というところで、テンコを千幾尾か釣ったという記録があるそうだ。「庄内の釣の話」という記録によると、幕末のころ長右衛門という者は一と晩に一尺二、三寸の黒ダイを六十尾くらい釣ったことになっている。この者は大工の家へ養子に貰《もら》われたが、大工仕事がきらいで釣が好きで、或る夜ひそかに家を抜け出して釣に行った。ところが大きな黒ダイを六十尾も釣ったので、魚籃《びく》だけでは間にあわず、股引《ももひき》を脱いで両方の筒穴にいっぱい詰めこんで、それを背負って家に帰った。養家の者は、家を明けたことのない長右衛門が夜ふけても帰って来ないので、あいつ、夜逃げをしたんだと疑って、その処置をつけるために深夜であるにもかかわらず、本家分家を集めて親族会議を開いていた。そこへ夜が明けると長右衛門が褌《ふんどし》ひとつで帰って来て、奇術師のように股引のなかから黒ダイを何十尾も取出した。養家の者はびっくりするやら喜ぶやら、そこで始めて漁師になってもいいことを許してやった。

この長右衛門という漁師は長命で、明治末期までチョン髷《まげ》を結って生きていた。タイ釣が上手な漁師だから、特に選ばれて旧藩主酒井家の御曹子《おんぞうし》の釣の指南番にさせられた。その御曹子は今日では老齢だが矍鑠《かくしゃく》として、このごろは主に船でセイゴ釣やテンコ釣など小さなものを手がけている。無論、庄内竿の逸品もいろいろ集めている。記録「庄内の釣の話」によると、この釣好きの老紳士は、年少のころの釣の指南番長右衛門について、次のような追憶を述べている。

「その当時、海の漁師は竿で釣るのをあまりやらなかったもんですが、こいつは（長右衛門は）特にタイ釣が上手でして、始終、竿で釣っておりました。その釣った経験や、魚釣るときの上げかたやなんか、これは随分、私も聞かされました。今は車竿というものが出来てきましたが、あの当時はそんなものはなく、釣りかたによって切らなくともいいやつを切らしてしまうんですが、そのこつをよく聞かされました。何でもタイは三回引く。その三度目が最後の強い引込みで、それさえ留めればもう大丈夫だと。それで、たいてい切られるかして、勝負が決るのだということをよく聞かされました。それで、その三回目のとき、グウッと引っこんで行ったとき、わずかにこれを緩めて、緩めまして、そして横に引く。すると、向うに口を向けて行ったやつが、ちょっと緩まされるもんだから軽くなって、今度こそ引っぱられると、こっちに戻って来る。こつは、それだと。ところが実際になると、なかなか出来ないもんだとよく聞かされたもんです。引込むのは、たいてい三回です。一回目は先《ま》ず左程でもなく、二回目はより強くなり、三回目最後で、それで切れるか切れないか勝負の分れ目のようなもんです。こいつ（二尺六寸余の赤ダイの魚拓を示し）三回目で危かったのです。水に半分も竿が入ってからで、わずか緩めるようにして、思いきりこっちに引っぱったら返りました。竿も四間の竿で、このくらいの（一握り大）太い大きい竿で釣ったもんだから、伸ばされないで釣れたわけです。――大物ならば一晩一尾も釣らなくても楽しいもんです。その気分が」

同じ記録によると、明治中期における庄内の、磯釣の仕掛の一端を知ることが出来る。夜釣で長右衛門という漁師が、主筋の若様に指南するときの一状景も知ることが出来る。

「そのときの綸《いと》は、さあ今はあの……ナイロンになったわけですが、あの当時はシナから来たものですが、鉤元《はりもと》は天蚕糸《てぐす》で極く太い棒すじといった五、六本よりあわせたものを下につけて、上は蚕糸《しが》の、あれは何本あわせましたか。三百本くらいでしょうか。ちょうどよいくらいに自分で家でこしらえまして、それを浜茄子《はまなし》で染めて使いました。それだと大丈夫なようでした。何年ころでしたか、波渡《はど》の二つ岩で釣ったときのことですが、そのときも岩に竿を巻きつけられまして、胸がこう、どきどき鳴りまして、足がこの辺、岩で傷ついてしまって、綸《いと》は切られてしまいました。それで恐しくなって、何だか恐怖心を起してしまって、そしたら、脇《わき》にいたその漁師（長右衛門）が、『まだ大丈夫だから、また必ず来るから、別の道具に取替えてやりなおせ』と云うので、それからまたやりなおして、一時間ほど経《た》ったらまた同じように来たのです。また合せてみたところ、また引っぱられるか引っぱられるかと思っていたところ、側《そば》にいた漁師が、『これは前のとは余程ちがう。そんなものでない』と励ましてくれました。釣りあげてみたら、赤ダイでなくて、高羽《たかのは》と云いますが、縞《しま》のある（縞ダイ）あれの二尺ほどのものでした。それ一つ上げて、そのときは先ずそれで勝負を合せました」

庄内竿については次のように筆記されている。

「それは昔から標準竿とか云って、丹羽庄左衛門の作った竿です。これは四間のものです。大事にして使わなかったのですが、いっぺんも竿に海を見せないではいられまいと思いまして、或るときこれで釣ってみました。こいつがまた標準竿というだけあって、まことにいい竿で、たった一回、海見せただけで後は保存しておきました。――八十年以上にもなりましょう、明治初年ころの竿ですから。今、家にある竿、たいてい明治十五年ころの竿ですが、それも今使ってみると殆《ほとん》ど何ともないもんです、良い竿になると」

昔からの鶴岡藩の伝統である。元藩主の御曹子も十歳くらいから小もの釣をやり、十八、九歳くらいから大ものをやりだしたそうだ。殿様家だから庄内竿も吟味したと云われるものが集まっている。私は祐介さんからスライドでそれを見せてもらった。

庄内ではこの庄内竿のことを鶴岡竿と云っている。一本の竹で一本の竿を作るのが原則だが、今日では釣場へ乗物で出かける都合から一本を三本くらいに切って螺旋《らせん》継ぎにする。または、穂先にする竹だけ別のものを継ぎ足している。但《ただし》、元竹も先竹も苦竹である。

る。私が祐介さんに見せてもらった竿も、みんな苦竹の細いものであった。直線美をなしてすっと伸び、品格があって、広間の畳の上に並べると室内の空気が引きしまるようであった。

嘉永二年作と彫ってある竿も、文久年間の運平作も、丹羽庄左衛門作もみんな苦竹で作られている。この丹羽というのが標準竿の創始者である。丹羽から上林、上林から山内善作に衣鉢《いはつ》が継がれ、祐介さんは晩年の山内から標準竿の作りかたを教わった。

山内という人は、竹の優秀なやつを見つける眼力にも天才的なところがあった。竹は九月下旬から十月下旬までが切りどきである。山内は藪《やぶ》の近くの家に一箇月も泊りこみ、何千本、何万本のうちから、これだと認めた竹を切る。概《おおむ》ね南がひらけて陽当《ひあた》りのいい、固い土地の藪がいいのだが、同じ条件にある藪でも系統の違っているのがある。いい竿の出る藪はたいていきまっている。その藪から切取る竿も、藪へ入って選ぶ人によって上下があるのは云うまでもない。山内の先輩に当る上林も、竹の吟味の仕方が上手であった。

「鶴岡の竿屋の親爺《おやじ》さんが、名人の上林のお供をして、二人で一箇月かかって竿竹を切ったということです。上林は二十六本、鶴岡の竿屋の親爺は三千本切った。その三千本を親爺が或る人に見せた。見るだけでも三日かかったということです。ところが、いい竿は一本もない。お義理で、そのうちの三本を讃《ほ》めてやると、進呈すると云うので持って来て棄《す》てたという話です」

その翌年、名人の山内が鶴岡の竿屋の親爺に入れ知恵をした。

「今度は、上林がいっぺん見た竹を切ってしまえ。ちょっとでも上林が手を触れた竹を切ってしまえ」

そこで鶴岡の竿屋がそれを実行して、またもや三千本切ったところが前の年とはまるで違っていた。

「上林がいっぺん握っただけで竹の相が違って来る。伯楽が馬のまわりをいっぺん廻《まわ》るだけで、いきなりその馬が高値を呼ぶようになるのと同じことだ」

鶴岡の竿屋がそう云ったということである。庄内竿の本場、鶴岡の竿屋ともあろう者が何としたことか。庄内じゅうの釣師の話題になっただろう。最近まで鶴岡では、釣は武道のうちに入っているとするのが常識で、子供が釣に出かけても剣道の稽古《けいこ》に行ったくらいに親は思っていた。子供を決して叱らない。ところが酒田ではそうでない。酒田で釣に出かける子は、釣好きの父親がいるか、または鶴岡から嫁入って来た母親がいるか、そのどちらかである。気風というものは争われない。

鶴岡気質。こういう成語があるかどうか知らないが、町をあげて竿と釣への偏好性は伝統的な鶴岡気質と云っていいだろう。文久年間のこと、鶴岡藩士で江戸詰の或る武家が、苦竹でなくて釣竿に向く竹を酒田へ送って来た。その竹で庄内の標準竿の作製を竿師の名人に頼むためであった。江戸から西廻りの馬関を廻る船でわざわざ送って来て、その送状に、江戸の仙台河岸で釣ったという黒ダイの魚拓を添えていた。文面には、江戸で黒ダイが釣れるとわかったからは、もはや庄内に帰らなくてもいいと書いてあったという。それでも庄内竿への郷愁は忘れかねているようだ。当時、江戸にもちゃんとした竿師がいた筈である。その武家が送ったという竹はどんな竹であったろう。私はそれを聞きもらした。

苦竹は他の竹よりも筒壁が厚く、細いものでも強靱《きょうじん》で弾力を持っている。太めのものは竹槍《たけやり》にもなり得るのだ。庄内竿はそれの細めのやつの稈面《かんめん》を損じないようにして、生えているままに根元のところを残し、竹の持ち味を生かして作られている。四間の竿が東京竿の三間竿ほどの太さである。これを較《くら》べて手応《てごた》えという点ではどうだろう。小もの釣の場合は遥《はる》かに微妙である筈だ。大もの釣の場合は遥かに強い手応えで、豪快味が感じられる筈である。材料としては、小もの釣の竿なら二年もの、それの上等の竿ならば三年以上のもの、三間以上の竿なら四年、五年を経た竹に、三年竹の穂先をつけてある。

庄内の標準竿を作る工程について、「てぶくろ」という雑誌に祐介さんの語った談話筆記が載っている。

「九月末から十一月までに竹を切りに行きます。――それのフシを取去って、青みの取れるまで室内で干し、それから天日に干して最初の一とのしをする。これが初等教育みたいなもので――悪い癖が出るか出ないかの分れ目です。それを煤棚《すすだな》にあげて煙をかけながら、第二回目ののしをやる。このときは、よくよく癖の悪いものでない限り比較的かるく手をかける。竹質をしまらせるくらいでいい。翌年の春、煤を落し、今一度のしてて外気にさらしながら、年に一度ずつのして四年目に漸《ようや》く使えるようになる。よい竹を見つけると、どうしても早く使ってみたくなる。そういう場合、速成科といって、毎日、陽にあてては煤をかけ、四年分を半年で仕上げる場合もある。しかし、竿の本調子が出るのは五年から二十年まで。その期間が謂《い》わば竿の成年期で、後は手入れ次第です」

色づけは、年月をかけて竈《かまど》の烟《けむり》でくすべるのだから、庄内竿は焦茶色《こげちゃいろ》になっている。竹の肌《はだ》と竈の烟。この二つが程よく合致融合することは、殆ど民族的に我々の認識しているところである。この焦茶色の細くさらりと伸びた釣竿は、岩礁に砕ける白い波にも映りがいい竿である。谷川の青い淵《ふち》にも映りが悪くないと思う。

長良川の鮎《あゆ》

伊豆の川に行くと、アユの餌釣《えさづり》をやっている釣師をよく見かけるが、よその川ではあまり見たことがない。よほど前に私は伊豆の河津川へ友釣に出かけたが、私の釣っているそばに餌釣をする釣師が来て、私の釣果《ちょうか》一尾に対して十尾以上も釣りあげるので、その仕掛や寄餌《よせえ》の仕方を教わった。後で自分もそれをやってみて覿面《てきめん》なのに驚いた。そこで今度は、長良川でそれをやってみてやろうと思って出かけて行った。

同行者は、友釣の仕度をした丸岡明君と丸山泰司君である。私は餌釣用の竿《さお》がないので穂先の柔いヤマメ竿を持って行った。餌はシラス干《ぼし》、コマセに使う餌も同じくシラス干。アユの餌釣では、シラス干の他に生アジの身を餌にすることもある。この場合は、ソウダガツオとかサバとかの臓物を笊《ざる》に入れてコマセルが、これは持ち運びの途中が臭くて適《かな》わない。旅先で臓物が手に入るものやらどうかもわからない。そう思ってシラス干を持って行った。

生アジの身で釣る場合には、伊豆の釣師は川に立込むか川舟に乗るかしてアンマ釣の方法でやっている。川下に向って、川の流れと同じ速度で竿を突出して、手元に引くときには川の流れよりも少し早めの速度で引く。それを繰返す。はたから見ると、木挽《こびき》が木を挽いているような恰好《かっこう》に見えるのでコビキ釣とも云《い》っている。

一方、シラス干で釣る場合には、玉浮木《たまうき》を使ってハヤを釣るのと同じやりかたで釣る。ハリスは三毛、ナマリは極めて小さいカミツブシ。鉤《はり》はタナゴ鉤ほどの大きさで、タナゴ鉤よりも身が細く、伊豆の釣具屋ではアユの餌釣鉤として売っている。シラス干を細長く割いてチョンガケにする。寄餌をするにはシラス干を十尾か二十尾ぐらい口でかみ砕き、川の水を口に含んで一緒に吐き出すのだ。やがて玉浮木に応《こた》えがあると静かに手元に引寄せる。七月から八月にかけてこの釣の好期だと云われている。アユは稚魚のとき、海でシラスと雑居して共食いをしているそうだ。その本能を呼び起させるのだと伊豆の釣師は云っていた。

私は長良川へ行くのは初めてなので、先《ま》ず岐阜市に行ってこの川の釣場や釣方について聞くことにした。どこの川筋でも、その川に向くような釣魚法が発達しているものである。岐阜市には水野後八さんという釣の達人と、伊藤貞一さんという釣の先生がいる。それで中部日本新聞社の岐阜支局長前田寅次郎さんの紹介で、後八さんと貞一さんに会って長良川の状況を伺った。

「この川の上流、郡上八幡《ぐじょうはちまん》から、その少し川下の相生《あいおい》のあたりは絶対です」後八さんが云った。「六月二日現在、十五匁《もんめ》、二十センチの大きさですから、相生あたりならば、ハリスは六毛、または四毛で宜《よろ》しいでしょう。一日、四十尾は保証します。初めて釣る素人《しろうと》でも、ねばれば十尾は釣れますね」

但《ただし》、これは友釣の場合であって、長良川にはアユの餌釣をする釣師はないそうである。

私は貞一さんに友釣の仕掛の見本を見せてもらった。カケ鉤を結ぶのはテグスでなくて黒い馬尾《ばす》である。私は笛吹川でも相模《さがみ》川でも馬尾を使っている釣師がいるのを見た。馬の尻尾《しっぽ》だから弾力と浮力があって都合がいいわけだ。

「なるべく馬尾は太いやつがいいです」と貞一さんが云った。「二本よりなら、大きいのが来ても切れません。カケ鉤を取替えるときも、ぴんとしているので馬尾の方が便利です」

「鉤を取替えるときには、囮《おとり》の鼻環《はなかん》をはずした方がいいですね」と後八さんが云った。

「それから、初め鉤を付けるとき、糸にたるみをつけないようにするべきです。馬瀬《まぜ》川の山下という男なんか、簞笥《たんす》の抽斗《ひきだし》に糸をかけて、ぎりぎりに張って鉤を付けています。これには私も感心したことでした。こいつは、神技のように友釣のうまい男です」

山下という釣師は伊豆の狩野《かの》川筋で生れた男だが、二十年前に木曾川水系の馬瀬川筋に流れて来て、貧乏後家のところに入りこんで現在に至っているそうである。年は六十幾つ、六尺ゆたかな大男で、五間半の不細工な自製の釣竿を使い、人の前でも素裸で釣っているそうだ。

「普通の人間では持てぬ重い竿です」と後八さんが云った。「しなって、重くて、私なんかには調子がわかりません。大きな淵《ふち》に胸まで入って、フリダマで釣っているのです。荒瀬で釣るのですから、パンツ一つだけでも水の抵抗を少くするためですね」

「あの山下という人が釣に来ると、あたしたちは川に行っていても逃げて来ます」

と傍《そば》にいた女中さんが云った。

この山下という伊豆の流浪人《るろうにん》が、二十年前に岐阜県に来て馬瀬川上流に定住し、初めて友釣をこの川筋の人に教えたそうである。だから木曾川筋の友釣の歴史はまだ新しい。

「ドブ釣は、四十年前に初めて長良川に移入されました。当時は丸玉に糸を通して、根元に鉤をつけて一本鉤でしたが、子供のときの私たちにも相当に釣れたものでした。友釣の方は、だから長良川では、ドブ釣よりも二十年おくれて移入されたわけですね」

「山下という裸の釣師は、冬は何をしているのです」

「冬は山稼《やまかせ》ぎです。炭を焼いたりしています」

「五間半の竿で、仕掛は普通のものと違いますか」

「やはり馬尾です。そうして一本鉤です。この仕掛では、ヘソ鉤は使いません。竿は、初めのうち手元に出して、釣っては出し、釣っては出し、だんだん沖に出て、胸まで水につかるといった按配《あんばい》です」

五間半の竿で強引に釣っている姿が偲《しの》ばれた。

以前、私は友釣をしていた当時、囮が他のアユに襲われても、外れることがあるのを一つの疑問に思っていた。その疑問を貞一さんが解いてくれた。アユは囮を襲うとき、囮の頭から下に潜りぬけて尻尾に廻《まわ》って上に掠《かす》め去る。または尻尾の方から背中を掠め、頭の下を潜りぬけて行く。それも稲妻のように速い動作だから、囮が岩のそばに寄りすぎているとアユの行動が歪曲《わいきょく》させられることになる。だから、囮が襲われる手応えだけで外れたら、囮を少し川上に曳《ひ》いて岩を外すと釣れるわけである。

「そのときには、川上に曳くのですね」

と私が念を押すと、

「そうです。広く囮を游《およ》がすことです。夏、三時ごろから四時ごろなら、アユは浅場に出ていますからね。川幅いっぱいに囮を引張るんです。竿を起して、川底をすって」

と貞一さんが云った。

「真昼ごろなら、なるべく陽《ひ》かげです」と後八さんが云った。「朝トロ、昼セ、夕《ゆう》ノボリ、という云いならわしのある通りです。ノボリというのは、カケアガリです」

私は友釣もしてみたいと思った。丸岡君は友釣の経験が浅いので、糸の結びかたや目じるしの羽根のつけかたを貞一さんに教わった。

私たちの泊った旅館は川のほとりにあった。日が暮れると鵜飼《うかい》が始まったので窓から見た。ニュース映画やグラビヤで見たのと変りがない。鵜飼船のほとりに幾艘《そう》もの遊覧船が近づいて、共にゆっくりと川下の方に流れて行く。

「あの遊覧船は、ここでは遊船と云っています」と女中が説明した。「十人乗りで料金は一人三百円ですが、船頭に御祝儀をやらないと、わざと鵜飼の見えにくい場所に船をやるのです。船頭に酒も飲ませなくてはいけません。ここの伝統になっているのです」

遊船客の料金三百円のうち、五十円が鵜匠の手に渡ることになっている。鵜匠は世襲になっていて五軒ある。それを殖やしも減らしもしないのが方針で、市役所から助成金が出ているそうだ。

「ですから、鵜匠は公務員です」

と女中が云った。

川の向側に、原生林に覆《おお》われている急峻《きゅうしゅん》な山がある。稲葉山と云って戦国時代に斎藤道三の居城となっていたが、道三の倅《せがれ》の代に織田信長が攻め滅ぼして暫《しばら》く居城にしていた城山である。今では麓《ふもと》から八合目まで空中ケーブルが通じ、頂上にコンクリート造りでって信長時代の三層の櫓《やぐら》が復元されている。日が暮れるとその櫓が照明燈に照らされて、大きな提燈《ちょうちん》を夜空に吊《つる》してあるかのように見える。岐阜の観光協会が遊覧客誘致の目的で、この城の復元に当ったものだというのだから、斎藤道三や織田信長が築城したのとはまるで目的が違っている。その城を仰いで見る岐阜の人たちも、昔と今では見る気持が違っている筈《はず》だ。

　翌朝、私たちは八時ごろ目をさました。前夜、鵜飼があった川に、左岸から右岸にかけて縄《なわ》を張り、その縄を川下から川上に向けて引張って行っているものがあった。長い長い縄である。その縄には、ところどころに黒い鳥毛が結びつけてある。左岸ではその縄を引張るのに川船を操り、右岸では二人の男が船曳《ふなひき》をするような恰好《かっこう》で引張っている。これは伊豆方面で鵜縄《うなわ》と云っている漁法であるが、漁業法違反に入るのではないだろうか。

「どうも合点が行かないな。姐《ねえ》さん、あれは何というのかね。あの漁の仕方は、ここでは何と云っているのかね」

　私がそう云うと、

「さあ、何と云うのですかしら。ここでは滅多にやりません。お帳場さんに聞いて参ります」

　と女中は部屋を出て行った。

　窓から見ていると、帳場の若い者が自転車で往来に出て行って、鵜縄をやっている川岸の方に走って行った。向岸の川船は、川を横切ってこちらの岸に近づいた。縄は輪の形にしぼられて行った。縄に結びつけてある黒い羽根は、アユには鵜の鳥に見えるので、逃げ廻って袋網になっているところにみんな集まって来るわけだ。

　暫くすると女中が引返して来て云った。

「今、お帳場さんに聞いて来てもらいました。ここでは鵜綱引《うづなひき》と云っているそうです」

「やっぱりそうか、ちょうど、鵜飼船の行動圏を荒らしているね」

「でも、どうせこの辺にはアユはおりませんですから」

鵜飼も原則としては漁業法違反だそうである。

十時すぎに宿を出て、私たちは岐阜から十里あまり上流の相生というところに着いた。後八さんに教えられた釣場である。川幅が広く、架っている橋も大きい。橋の川下に、二階屋ほどの大きさの岩がころがり出て、真青な淵をつくっている。橋のたもとの雑貨屋に「種魚あります」という札を掛けていた。入漁の鑑札もここで扱っている。この店には耳の遠い婆《ばあ》さんが一人いるだけで、折から買物に来ていた中年の女が私たちの註文《ちゅうもん》を婆さんに取次いでくれた。私たちは昼飯も註文した。

丸岡君は昼飯を大急ぎで食べると草鞋《わらじ》に履きかえて、鑑札と囮のアユを二尾買って橋を渡って川に降りて行った。私はゆっくり御飯を食べながら、土間の窓から川の様子を見た。窓のすぐ下が川だから、川向うと川上が一望である。川下に橋がある。十人ちかくの釣師がいて、川向うの崖《がけ》にへばりついて釣っている男が一番たくさん釣りあげていた。崖に岩ツツジが花を咲かせ、崖の上には樫《かし》の木が茂っている。川の水はその崖の手前で白く泡立《あわだ》つS字状の瀬をつくっている。

崖にへばりついている男は動作が軽快であった。アユがかかると、竿の手元を抜いて木の切株を伝いながら水際《みずぎわ》に降りて行き、釣れたのを掬《すく》いとったタモ網を岸に残して崖に這《は》いのぼって行く。釣れても、一尾や二尾は囮箱に入れる手数を省き、囮を付けかえる手数も省くといったやりかたである。私はその釣師の釣る数を勘定していたが、十二時四十分から一時四十分までに十四尾も釣りあげた。後で聞くと、この釣師は土地のガソリン屋で渡辺年男さんという名前であった。

私はアユの餌釣をやるつもりで橋を渡って行った。すると橋のたもとに「鮠《はや》、禁漁」と書いたペンキ塗りの大きな標柱が目についた。岐阜の後八さんは、相生あたりにはヤマメが釣れ、もっと川上に行くとイワナが釣れると云っていた。ハヤを釣る仕掛ならヤマメも釣れるわけで、だからヤマメを保護する目的からこの禁札を出しているものと解されたので、私はアユの餌釣は止《よ》して丸岡君が仕度しているところを見に行った。シラス干で釣るアユ釣はハヤ釣と混同され易《やす》い。

丸岡君は大きな淵のほとりで囮を付けているところであった。近眼のところへ老眼が出ているから眼鏡をはずしていたが、穂先の位置を見るために眼鏡をかけ、かけたりはずしたりしているのであった。私も同じく近眼のところへ老眼が出ているから眼鏡をはずし、丸岡君が囮を付けるのを手伝った。囮は二尾とも鼻の穴が空いていて、さんざん使い古されたものと見え、色も悪くなっていた。

「この種魚、二尾二百円は高すぎるね。もう半分のびてるじゃないか」

私がそう云うと、

「なあに、大丈夫さ」

と丸岡君は囮を引いて橋の上手に出たが、崖のところまで行ったときには囮はもう弱りきっていた。

丸山君も橋の下に降りて来て、釣師のガソリン屋さんと何やら話していた。後で聞くと、私のことをアユの研究家だと法螺《ほら》を吹いたそうだ。ガソリン屋さんは丸岡君が何も云わないのに場所を空けてくれ、囮箱はそのままにして何げない風で川下の方に移って行った。普通、ちょっと出来ない真似《まね》である。

実際、そこはいい釣場であった。丸岡君が囮を瀬のなかに入れたと思うとすぐに来た。私はタモ網を持って待受けた。ところが、道糸を竿と同じ長さにしているので魚が宙に吊されて、肉切れがした感じで釣り落してしまった。

「道糸が短いんだよ。もっと長くしないか。それとも、釣れたら手元を抜くことだね。道糸は竿より六尺ぐらい長くしてもいいよ」

私がそう云うと、

「それじゃ囮が沖に出ないよ」

と丸岡君が云った。

囮が弱って用をなさないので、丸岡君は別の囮に付けかえた。暫くするとまた来たが、手元を抜いている間に落ちてしまった。

「丸岡君、道糸が短いんだよ。短いから宙吊りになるんだよ」

くどいようだが、そう云うと、

「そんなに怒るな」

と丸岡君は、カケ鉤が縺《もつ》れたのをなおしながら云った。

「頑固《がんこ》だね、実際。どうして、あんなに落着きはらえるのかね」

と私は丸山君に云った。川瀬の音でそれは丸岡君には聞えなかったろう。付けかえた囮も初めから弱っていた。もしこれが役に立たなくなったら、長い橋を渡って雑貨屋まで種魚を買いに行かなくてはならぬ。私は見かねて丸岡君から竿を借り、神経痛が出てもかまわない気でズボンをたくし上げて水に立ちこんだ。竿をかまえると間もなく手応えがあったが外れたので、ここが岐阜の貞一さんの云ったところだと、囮を少し川上に引張った。次に、少し川下に流してみると、うまい工合にごつんと来た。竿の手元を抜くと、道糸の長さが漸《ようや》く足りて、タモ網に掬いとることが出来た。

今度は生きのいい囮が出来たので、私は竿を丸岡君に返した。霧雨が降りだした。時刻も四時すぎになっていた。そこへ、ガソリン屋さんの釣師が囮箱を取りに来て丸山君に云った。

「今日のような天気なら、この場所はお昼すぎの二時間がよく釣れます。今日は水温が低いです」

「お昼から二時間がね」と丸山君が云った。「なかなか難しいもんですなあ。すみませんが、囮を売ってもらえないでしょうか」

「売らないこともないけれど。ともかく売ってもいいけれど」

ガソリン屋さんは丸岡君の囮箱をのぞいて見て、二尾の死んだアユを取出すと、それを自分の大きな囮箱に入れた。そうして、自分の囮箱から生きのいい二尾のアユを取出して、無言のまま丸岡君の囮箱に入れた。ちょうど種魚として恰好な大きさのアユであった。この土地では、たぶん漁業組合で種魚の相場をきめていて、旅の者に安く売ることを禁じているに違いない。ガソリン屋さんは組合の協定に違反したくなかったのだろう。

丸岡君はガソリン屋さんの見ている前で一尾うまく釣った。私はそれをタモ網で掬って囮として付けた。やはり眼鏡をはずしてから操作するのである。岐阜の後八さんは云っていたが、後八さんも近眼に老眼が出ているそうだ。それで眼鏡の柄《え》から柄に繋《つな》いだゴムバンドを後頭部に掛け、必要に応じて眼鏡を額にずり上げるように工夫をこらしているそうだ。

私は丸岡君がもう一尾釣るのを待って、囮を付けかえてから橋の下に行って雨やどりをした。雨が小降りになってから橋の上に出て行くと、崖の下で三角傘《がさ》をかぶった丸岡君が囮を付けかえていた。生きのいい囮を付けるときの気分は格別である筈だ。しかし囮が弱って掛替がない場合はどうするか。以前、私は友釣に行くたんびそればかり気に病んでいた。ところが去年、熊本県の人吉《ひとよし》市の永井己好さんから耳寄りな話を聞いた。友釣で種魚が弱った場合には、思いきってアユの腹をナイフで割いて、腸を取出してオモリの三匁か四匁を入れて細いテグスで縫い合せる。するとアユは水底に浮かんでも寝ないので、生きのいいやつが襲って来てかかる。これは己好さんがたびたび経験したことだそうだ。

私が岐阜でその話をすると、後八さんがこう云った。

「われわれもそれをやっています。私はアユの腹を割かないで、鰓《えら》からオモリを腹に押込みます」

しかし四匁のオモリを鰓から押込むのは難しくはないだろうか。もっと小さなオモリを二つか三つ押込んではどんなものだろう。尤《もっと》も、球磨《くま》川の人吉あたりでは、一尾四十匁平均の大きなアユが釣れるという。人吉市の己好さんは四間半の腰の弱い竿を使い、オモリは十匁、オモリから上は鋼鉄線、オモリから下は四厘《りん》のテグスを使っているという。激流が目に浮ぶ。鉤はキツネ型の一寸二分、または一寸三分を錨《いかり》型に組合せ、尻テグスは四厘半を使っているそうだ。

いつか私は、球磨川筋出身の映画監督助手と伊豆の河津川へ行って友釣の競技をした。その人は太い木綿針をアユの背鰭《せびれ》の付根に差してカケ鉤をそれに垂らし、アユが釣れると囮ごと空中に跳ね上げて、落ちて来るところを木綿のタモ網で受けとめていた。何のためにそんな漁法が生れたのか不思議である。激流だからタモ網が使えないためだろうか。

アユの餌釣も各地方それぞれ特異な漁法が発達しているのだろう。以前、私は土佐の安芸《あき》川へ釣に行き、雨後のために友釣ができなかったので土地の釣師のやっている餌釣をした。アユ釣用の毛鉤に生のシラスを付け、長めの浮木を付けてハヤ釣の要領で釣る。生のシラスは鉤に差しにくいので、目に差して一種のチョンガケにする。抜け落ちる率が少いのだ。

山口県の萩《はぎ》、長門《ながと》市の方でも餌釣をするそうだが、私はまだその方面の川に行ったことがない。三隅《みすみ》川という小さな川だそうだ。餌は、アジ、カマス、アゴ、イサキなどを取上げて、それを微塵《みじん》に刻んで水に混ぜたのを寄餌に使う。竿は一尋《ひろ》から一尋半、主に見釣だから川のなかの藻《も》や水草を取除いて釣場をつくっておく。六月、七月のころは、ここでもシラスを使っているそうだ。

この釣ならハヤ釣と同じようなものである。川に立ちこまなくても間に合うので、いずれどこかの川で試してみたいと思っている。生のシラスは、安芸川では釣場の近くの雑貨屋で売っていた。

相生というところには宿屋が一軒しかなかった。私が丸岡君を崖の下に残し、丸山君と一緒に宿に行って待っていると、丸岡君がガソリン屋さんの自転車の尻に乗せられて帰って来た。もう日暮れになっていた。

「あれから囮がみんな死んじゃってね、ガソリン屋さんにまた囮をわけてもらったよ。あれから二尾釣ったから、今日の漁獲は合計四尾だ。僕としては、生れて初めてアユを釣ったのだから大出来だよ」

ずぶ濡《ぬ》れになっている丸岡君はそう云った。

奥日光の釣《つり》

真夏の釣《つり》のうち、マス釣なら素人《しろうと》にも楽しめるのではないだろうか。それで今度は、福田蘭童《らんどう》さんに云《い》って湯ノ湖畔のブンさんというマス釣の漁師を紹介してもらった。蘭童さんはマス釣が好きで、二十年前から年ごとに湯ノ湖へ出かけている。

水産庁の日光養魚場の案内記によると、湯ノ湖には、ニジマス、カワマス、アメノウオ、ヒメマス、鯉《こい》、鮒《ふな》が増殖され、その手前の中禅寺湖には、アメノウオ、ニジマス、ヒメマス、ウグイ、鯉、鮒が増殖されている。湯ノ湖の湖面は海抜一千五百米《メートル》、中禅寺湖は海抜一千三百米、その手前の日光は一千百米。大体において富士山の一合目を過ぎたあたりから、二合目あたりまでの高さである。平均気温は、中禅寺湖が日光よりも二度低く、湯ノ湖は中禅寺湖よりも二度低いそうだ。

実は、私は日光に行ったのは今度が初めてなので、ついでに東照宮も見物した。同行は丸山泰司君である。

東照宮の日ぐらし御門の前には観光客がたくさん群がって、案内人が大きな声で説明の熱弁をふるっていた。霧が深く立ちこめて、雨は降っていなかったが大きな杉《すぎ》の木の枝から水の雫《しずく》が落ちていた。

「ここは霧が深いところですから、自然、漆や金箔《きんぱく》で建造物を包んで腐朽を防ぐ必要があったのです」

私たちを案内してくれた事務所の人がそう云った。この人は禰宜《ねぎ》さんのような風俗で、白い着物をきて水色の袴《はかま》をはいていた。

「あそこの小さな穴は、モモンガアの隠れている巣穴です。夜になると出て来ます。モモンガアのことを、ここらの猟師は晩鳥と云っています」

禰宜さんのような人は杉の木を見上げ、太い幹の小さな穴を指差した。

本殿か本堂か、奥まったところにある堂宇の瑞籬《みずがき》が改装工事中で、足場組の上に数人の工匠がいた。小さなハツリ鏨《たがね》でもって、触れるか触れない程度に柱隠しを取除いた部分を、叩《たた》きながら金箔を剥《は》がしている工匠もいた。塗装の黒漆をすっかり剝ぎとっている工匠もいた。私は禰宜さんのような人の許しを得て足場組の上に登ってみた。剝ぎとられた漆はベニヤ板ほどの厚さで、下貼《したばり》の麻の布にこってりと部厚く三度ぬりに塗り固めたものである。ここでは垣《かき》の塗装さえも、惜しげもなく、堆朱《ついしゅ》、堆黒《ついこく》の材料と技術でやっていて、その上を金粉ではなくて実の金箔で包み、その上から岩絵具で極彩色の模様を施していることが知れた。

「当時の、第一流の建築家、彫刻家、陶芸家、画家、金工家、書家などを動員して出来たものです。今でしたら、日展の審査員のような人ばかりに依嘱したわけですね」

禰宜さんのような人がそう云った。

つまり当時の日本美術大系、日本美術全集といったような感じのものであるわけだ。その仕上りの結果は、建造物というよりも工芸美術品といった観を呈して我々の目前に現われている。もしこれが有名な観光地日光の建物でなくて、我々が無名の深山を迷い歩いていて、ふとこんな堂塔伽藍《がらん》に行き遭《ま》ったとしたらどうだろう。やはり観光地とするために、宣伝パンフレットをばら撒いたり絵葉書にしたりするだろうか。

東照宮から中禅寺湖まで行く途中、曲りくねった坂道のあたりは濃霧のために視界が利《き》かなかった。霧のはれた地域に出ると、右手に男体山《なんたいさん》が見えた。この高い山が雲を呼んで気流に変化を与え、噴火山だからこのあたりの地形にいろいろの趨異をもたらしている。山のなかに大きな湖水をつくり、または広々とした原をつくったりしているのである。原っぱには紫色の花を咲かせた菖蒲《しょうぶ》の群落がある。素晴らしいブナ林のなかも通りぬけた。ちらりと滝も見えた。

「この辺は、秋の紅葉が凄《すご》いです。それはいいです」

と丸山君が説明してくれた。

湯ノ湖畔に着くと、蘭童さんに紹介してもらった板屋という温泉旅館に投宿。湖水を見おろす部屋に通された。夕餌をあさるいろんな小鳥の声が聞えていた。夕飯のとき漁師のブンさんに来てもらって、湯ノ湖のマス釣の一般について大体の話をしてもらった。

ここでは五月十五日から釣の解禁で、九月十五日から禁漁である。解禁日には、湖水に約三百人、湖水から流れ出る滝から下の川に約五百人の釣師がやって来る。土地の者が多いが、東京から来る釣師や外人も相当の数にのぼっている。今年の解禁日の釣果《ちょうか》は、最高がマスの五寸から一尺、一尺五寸程度もの八十尾。ここでは、五寸以下のマスは釣ったら逃がしてやる規則だが、日本人はなかなかこの規則を守らない。外国人はタモ網の柄《え》に七寸の目もりをつけていて、七寸以下のものは釣れても逃がしているそうだ。

ブンさんは五十前後か六十前後の年配に見え、釣客を案内する手漕《てこ》ぎの船を持っている。これは西園寺公一《きんかず》さんから預かっている船である。

「西園寺さんは暫《しばら》くおいでになりません」とブンさんが云った。「中共へお出かけになったので、もうずっとお見えになりません。福田蘭童さんは今年はまだですが、戦争前から毎年お見えになっております。釣がお上手で、ことに鮒を摑《つか》む特技を持っておいでです」

鮒を摑むという話は、いつか私も蘭童さん自身からも聞いたことがあるが、まさかどんなものだろうと思っていた。今度はブンさんの話で半分以上は本当だと思い、折から私たちの部屋へやって来た宿の主人の話で嘘《うそ》だとは思われなくなった。

蘭童さんは船で湖水に出ても漁が物にならないと、ブンさんに云って岸に近い浅場に船を着けさせる。そうして、着ているものをすっかり脱いで、パンツ一つになって水に入って行く。深さ二尺ぐらいのところである。

「ちょうど、鰌《どじょう》すくいという踊を踊っているような恰好《かっこう》です。抜足差足というやつです」

とブンさんが云った。

「あの人は、魚のいるところを見つけるのも早いですね。わきから見ていると、先《ま》ず両手を水につけて冷やしているようです」と宿の主人が云った。「手を冷やして、水温と同じ温度にするんでしょうね。あの人は尺八を吹きますからね、自然と手先の感覚が鋭敏です」

「どうして鮒が逃げないか不思議です」

とブンさんが云った。

「いや、魚は腹の方には大して知覚がないそうだ」と宿の主人が云った。「だから蘭童さんは、鮒の腹の下に両手を持って行って、そっと摑んで引きあげる。魚は横脇《よこわき》や背中の方に知覚を持っているそうだ。ことに、鱗《うろこ》の先に鋭敏な神経があるというのですね。蘭童さんの摑みあげるのは尺鮒です」

宿の主人もブンさんも、たびたび蘭童さんの摑み取りする漁獲ぶりを目撃したそうだ。

「ときに、丸岡明さんという小説家を御存じですか。あのかた、去年ここへ釣りに見えました。あんな熱心な人は見たことがありません。それこそ熱心なものでした」

ブンさんはそう云って、丸岡君とは全く反対の、非常に熱心でない林房雄の釣案内をしたときの話をした。たぶん林君が長篇「西郷隆盛」を新聞に連載していた頃《ころ》だと思う。

「林房雄さんという小説家は、船で沖に出て餌《えさ》を振りこむと、後は釣竿《つりざお》を放《ほう》り出して知らん顔です。いろんな本ばかり読んで、まるで勉強しに船に乗ったようでした。変っていますな、あの人は。ちょっと頭が、変なんじゃないかと思いました」

ブンさんの話では、林君は釣はそっちのけで頻《しき》りに本を読んだりノートブックを見たりして、その挙句は原稿用紙を鞄《かばん》から出して小説を書きはじめる。そのうちに林君の放り出していた釣竿が、魚に引きずられて動きだす。

「お客さん、魚が引いていますよ。でっかいやつだ。魚が来ているんですよ」

ブンさんが云うと、リール竿であるにもかかわらず、林君は道糸を手繰って魚を揚げようとする。

「お客さん、竿を持って、リールを巻いて。そんなことしちゃ、切れますよ」

「いいんだよ、僕はこれでもいいんだ」

林君は無法にも道糸を緩めたり引張ったりして、とうとう大きなニジマスを手元に引寄せた。見ていて、何とも滅茶苦茶であったとブンさんが云った。

林君は海釣の経験者で、スズキやタイなどの大もの釣に長じている。リール釣の物足りなさを、別種の手釣でやる快味に切替えたにすぎないだろう。

ブンさんは私たちにリール釣の仕方を説明して、明日の船出の時刻を打ちあわせてから帰って行った。朝五時半から六時半までの間が一ばんよく釣れるそうである。だから五時に出発して、二時間も辛抱すればいい。それで来なければ日が悪いんだそうだ。

翌朝、私たちは寝すぎて七時に目をさまし、八時にブンさんの船に乗った。北風が吹いて霧雨が降っていた。竿は九尺のリール竿をブンさんが貸してくれた。浮木下《うき》は七尺から八尺ぐらいである。ずいぶん深いと思ったが、解禁日かその次の日ならばともかくも、三日後からは魚が次第に深いところを游《およ》ぐようになるそうだ。

餌はドバミミズが用意してあった。解禁当時なら、餌はエビヅルの虫、柳の虫、イクラ、八月になるとイタドリの虫。毛鉤《けばり》なら、六月いっぱいアメノウオ（日本マス）が釣れるそうだ。

ブンさんは船を漕ぎながら云った。

「糸を深くすると魚はでっかいが、せいぜい五尋《ひろ》か六尋にすることだ。餌がミミズだから、アメノウオの一尺三、四寸のが来る。イクラが餌なら、間違ってヒメマスが来るんだが。カワマスは悪食《あくじき》だから、ミミズにだって来るがね、こいつはコケラが無くって」

カワマスよりもヒメマスがいいというような口吻《くちぶり》である。

ブンさんは船を湖水の西岸に近寄ったところに停《と》めた。碇《いかり》はセメントを固めたものである。正面に湖岸の原生林が茂っていた。私がブンさんのするのを真似《まね》て振りこむと、オモ

リが船ばたのすぐ近くに落ちた。丸山君のオモリも遠く飛ばなかった。ところが、丸山君は入れたと思うと、

「やあ釣れた釣れた」

と云って竿を立てた。

「リールを巻いて。切れないから大丈夫、かまわず巻いて」

と、ブンさんがタモ網を持った。

リールを巻く音は冴《さ》えなかったが、糸は切れないで魚が姿を見せた。ブンさんはそれをタモ網で掬《すく》いとると、

「アメノウオだ。一尺二寸だな」

と云って船の生簀《いけす》に入れた。

斑点《はんてん》のないアメノウオである。しかし、この湖水から流れ出る川のアメノウオは、普通のヤマメと同じような黒い斑点がときどきあるそうだ。環境によって斑点に差異が生じるものらしい。

私もアメノウオを釣りあげた。丸山君の釣ったものより少し大型で、やはり斑点のないやつである。ブンさんの話では、アメノウオの大きいやつは一尺五、六寸のが釣れ、ニジマスの大きいやつは、二尺五寸、一貫二、三百のものが釣れる。

ブンさんは船の位置を変えることにして、漕ぎながらついでにスプーン釣の道具を私た

ちに持たした。これは戦後アメリカ人が将来した釣魚法だという。日本の漁師のやる引綱《ひきなわ》の一種である。道糸の先に細いワイヤーを付け、金属製の短い靴篦《くつべら》のようなスプーンを一尺くらいの間隔で五つ付けてある。その先にハリスを長さ一尺五寸くらいにして、ドバミミズを餌に付ける。竿は四尺ぐらいのリール竿で、蛇口《へびぐち》のところに玩具《おもちゃ》のような小鈴をつけてある。オモリは十匁《もんめ》、テグスは厘《りん》半、餌はミミズ、または柳の虫。

「竿を持ってさえすればいいんだよ。鈴が三つ鳴ったら合せるんだ。一つ鳴ったのでは駄《だ》目《め》」

とブンさんが云った。

これがエンジンの付いている船ならスローで進めるのだそうだ。ブンさんもスプーン釣の竿を持って絶えず片手で櫓《ろ》を漕いでいた。船の進むにつれ、スプーンが水中でぐるぐるまわるので可成りの手応《てごた》えがある。たとえば六寸の黒ダイが引くときくらいの手応えだが、調子の殆《ほとん》どない固い竿だから、千遍一律のごつい手応えの連続である。

丸山君の竿先の鈴が三つ鳴って、七寸くらいのニジマスを釣りあげた。つづいてまた釣りあげた。ブンさんも小さなやつを釣りあげた。私は釣れなかったので退屈した。湖上には、外人が小型のボートを漕ぎながら、スプーン釣をしているのが二隻《せき》も三隻もいた。艫《とも》のところに二本の竿を立て、一人乗りまた二人乗りでゆっくりオールを動かしている。

「外人は、スプーン釣か蚊鉤釣ばかりでね、餌釣はやらないんだ。教えても下手くそでね」

とブンさんが云った。

アメリカ人の釣の仕掛は変っているそうだ。大きな魚をねらうのが目的で、道糸はたいてい一分、鉤も太く、つなぎの糸を七寸も残している。こちらの仕掛を見せてやると考えこんでいる。しかし割合に物わかりのいいのが多い。今日は、天候、水温、風の具合が悪いと云うと、思いきりよく竿をしまって帰って行く。

「そんなときブンさん、日が悪い、天候が悪いと云うのを、英語で云うのかね」

「ノーグッドと云うんだ。そうすると、オーケーと云ってすぐ帰りの仕度にとりかかるね」

郭公《かっこう》が大きな声で鳴いていた。鶯《うぐいす》は絶えずどこかで鳴いていた。野鳥の多い場所である。このあたりは戦前には御料林地区であり、戦後は国有林地区に指定されている。野鳥たちはそれを知って集まって来る。大型の鴨《かも》が一羽、ときどき湖水の水をかすめて行ったり来たりして、小型の鴨が四羽、それと逆に行ったり来たりしているのが印象的であった。お互に縄張《なわばり》をきめるため、牽制《けんせい》運動をしているのではないかと思われた。

旅館の中番がボートで昼の弁当を届けてくれた。すると雨がざあざあ降りになったので、旅館に引揚げて弁当を食べた。食べ終ると雨が止《や》んだ。そこへ中禅寺湖畔のミノルさんという釣師が、今から川釣に行かないかと誘いに来てくれた。この人は橋本旅館の若旦《わかだん》那《な》で、蘭童さんと親しい仲の釣師だそうだ。

私たちはゴム製の長い靴を借りて出かけて行った。幸い私は、上野駅前の釣具屋で買ったシマミミズを持っていたし、二間半のヤマメ竿を持っていた。丸山君はミノルさんから川釣の竿を借りた。ミノルさんのはリールの付いた洋式の蚊鉤竿で、私はそんなのを初めて見たが、振りこむのに都合のいいように道糸の元の方が太くなっている。ハリスは渋色だが、何という糸か聞きもらした。蚊鉤は、自然の羽虫に似せた自家製のドライ・フライというのだそうだ。これは日本風の蚊鉤釣と違って、羽虫が水面でちょんちょん跳ねるように飛ばすのである。日本のヤマメやハヤを釣るやりかたの擬似鉤は、洋式ではウエット・フライというそうだ。

ミノルさんは私たちを滝からずっと川下の方に連れて行き、水産庁の養魚場に連れて行って場長さんに紹介してくれた。後から思うと、これには意味があった。場長さんに敬意を表するためと、そうしておいて、さて、その実の目的は、養魚場のわきを流れる禁漁区域の川を釣る許しを得るためである。この養魚場では、アメノウオ、ニジマス、カワマス、ヒメマスを養殖し、幼魚を中禅寺湖や湯ノ湖に放流しているそうだ。

ミノルさんは私たちを、大きな柳の木が川端に立っている釣場に連れて行った。向岸にウツギやイバラのような木が茂り、川の流れはその藪《やぶ》だたみの下に潜りこむ状態でフカンドをつくっていた。私の釣竿は四分六調子だから、こんな場合に都合がいい。

丸山君はミノルさんに川端で仕掛をつくってもらっていた。その間に、私は浅瀬に入って、振りこむと同時に手応えを見たのでゴボー抜きに竿を揚げた。

「釣れた釣れた、ほうら丸山君、この通り」

止《よ》せばいいのに、そう云って魚を宙吊《ちゅうづ》りにしてみせていると抜け落ちた。八寸くらいのアメノウオで、たしかにヤマメと同じような斑点があった。

次に、同じ場所へ同じように振りこむと、すぐにまた手応えがあって六寸ほどのものを釣りあげた。ニジマスかと思ったがアカハラであった。この土地の人はアカハラのことを雑魚《ざこ》と云って軽蔑《けいべつ》するそうだが、次にまたアカハラを釣り、次はアメノウオ、アカハラ、アメノウオというように釣りあげた。私は夢中になっていた。いつ丸山君の仕掛がすんだのか、いつ丸山君が釣りはじめたかもわからない。

「釣れた、釣れた」

丸山君がそう云ったとき、たしか私はアカハラとアメノウオを合計十五尾も釣っていると思った。魚籃《びく》のなかを見ると十二尾の魚がいた。

私は「満喫、満喫」とばかりに、場所を変えて滝壺《たきつぼ》のところへ移ったが、三寸ぐらいのアメノウオが一尾来ただけで、これは規則に従って逃がしてやった。もうそれっきりで、初め宜《よろ》しく終り悪《あ》しであった。

ミノルさんはこの滝壺で、前の日には午後五時半から七時半までに、二年子のニジマスを四尾、二年子のカワマスを七尾（いずれも幾らかの大小はあるが）蚊鉤で釣ったと云っていた。ミノルさんの擬似鉤の使いかたは、川下から七三の見当で川上に向き、ぴしぴしと鉤で水面を叩《たた》くように振りこんで行くやりかたである。その鉤が半ば川下に流れたところで魚が飛びついて来る。しかし小さいやつなら、さっと鉤を揚げて魚を反らしてやる。大きいやつなら完全に飛びつかせて合せるのだ。

ミノルさんは振りこみを繰返しながら云った。

「蚊鉤釣は、目を利かせなくてはいけません。見えますか、そらそこに、小さいやつが。あれが見えるようにならなくっちゃ。魚は近眼ですが、音には絶対に敏感です」

そうだとすると、羽虫の羽のそよぎにも、スプーンに攪拌《かくはん》される水のそよぎにも、魚は無関心ではいられないわけだ。生物の鋭敏な感覚は、その生物が誘惑を感じる根源である筈《はず》だ。池で呑気《のんき》そうに游いでいる鯉の群れに、一匹のカナブンブンを投げてやると、三尾も四尾もの鯉が間髪を容《い》れず飛びついて来る。自然のそういう仕組だから誘惑と云っていいだろう。

蚊鉤釣について、函館の釣師渓風さんは、いつか私にその使いかたを注意してくれた。一、川の流れに対して直角に振込み扇型に流すこと。一、振込むポイントは流速のある部分の上位から。一、深みから浅場に誘導すること。一、糸は常に緊張させていること。一、魚を視感、触感で察知したら静かに竿を立てること。

私は早めに川を出て、丸山君やミノルさんが釣り終るまで養魚場のなかを散歩した。ここにはたくさんの養魚池がある。事務所の人の許可を得て、使い残しのシマミミズを一ばん大きなニジマスのいる池に放りこんだ。ミミズの場合はどんな食べかたをするか見るつもりでいたが、ニジマスは満腹しているためか見向きもしなかった。大きなマスはシマミミズを好かないのかもわからない。ブンさんがシマミミズよりもドバミミズがいいと云ったのは、大きなマスを釣るためではなかったかと思う。

この日、私はよく疲れて夜はよく眠った。翌朝、自分は阿佐ヶ谷駅前の、小鳥屋の前に立っていると思いながら目をさました。そんなに小鳥の声のいろんな鳴声が聞えていた。時計を見ると五時すこし前で、もう半ば夜が明けていた。涼廊に出ると、右手の高い山の頂を朝日の第一光が照らしていた。そこから下はずっと麓《ふもと》まで墨色で、その左手の山も向うの山もみんな黒く見え、無風の朝だから山はそのまま逆立ちの姿で湖水に影をうつしている。山の頂の明るい部分も、そのまま薄墨色の湖水に明るく影をうつし、見る見るその明るみが、山の上のも湖水のも相似の恰好《かっこう》で拡《ひろ》がって行った。湖水の左手に突出した黒い岬《みさき》は、微《かす》かに白い朝靄《あさもや》を立ちのぼらせていた。

朝食後、私は丸山君を唆《そその》かして、ミノルさんと三人で湖水へ船釣に出た。餌は柳の虫である。リール竿はミノルさんが新式のものを貸してくれた。ところが三人とも一尾も釣れないので、ミノルさんは釣場を捜しながら、湖水のはずれの岸ちかくにいた二隻のボートのそばで碇を降した。そのボートには、アメリカ軍の傭員《よういん》だという日本人の二世たちが乗っていて、この人たちはみんなリール竿を巧みに扱って、ナマリを見事に遠く飛ばしていた。丸山君はびっくりしたような顔でそれを見ていたが、やがて感に堪えないようにこう云った。

「あのクサリガマを飛ばしているようなのは、あれは何ですか」

「丸山さん、クサリガマじゃありません。やっぱり、リール竿です」

ミノルさんがそう云うと、

「ははあ、やっぱりね」

と丸山君が云った。

前々日の晩、私たちはブンさんからリール竿について、さんざん説明を聞かされていた。それに前の日には、丸山君はブンさんから借りたリール竿で一尺二寸のアメノウオを揚げている。それをクサリガマとは妙なものであった。

ボートで釣っていた二世たちは、ミノルさんとは知りあいの仲だそうで、さっぱり釣れない私たちの船のために釣場を退いてくれた。外国の釣師の仁義だろうか。ボートを私たちの船に近づけて来て、餌にする柳虫の大きなやつをどっさりくれた。それから昼の弁当にと云って、冷凍用の三尺四方ばかりの罐《かん》からパンとチーズを取出して、即席で部厚い大きなサンドイッチをつくって私たちにくれた。もう結構だと私たちは断わったが、相手は罐詰のビールを三箇、ミノルさんのタモ網に入れてエンジンの音高く去って行った。ふと気がついてみると、罐詰を入れたタモ網は舷《ふなばた》の外の水に入れ、網の柄《え》につけた糸を艫綱《ともづな》に結びつけてあった。太陽が照りつけるので、罐詰が湖水の冷たい水で冷えるように気をきかせてくれたものとわかった。

「さすがはクサリガマの名手だね」

と、私は云わでもがなのことを口にした。

ところが、この折角の釣場でも私たちは一尾も釣れなかったので、私はもう切りあげることにした。ミノルさんは片手で蚊鉤釣の竿を振込みながら、片手で漕いで船着場の方へ引返し、

「この辺で底釣をやってみましょう。底釣なら、ここでも釣れますから」

そう云って碇を入れ、私と丸山君のために底釣の仕掛をつくってくれた。

この釣の仕方は、三年前にアメリカの水産学校の学生が、奥日光の人たちに教えて行ったものだそうだ。大きな引通しのオモリに道糸を通し、一尺あまりのハリスの結び目にカミツブシのオモリをつける。すると魚が来た場合、引通しのオモリだから魚はそのオモリの抵抗を感じない。餌を十分に呑みこむ率が多いわけだ。

丸山君はこの仕掛で一尾釣り落し、ミノルさんは五尾か六尾か釣りあげた。私は一尾も釣れなかったばかりでなく、ミノルさんの買いたてだという最新式のリールを巻きそこね

て糸を切らした。

釣の仕掛は誰かがそれを発明し、誰かがそれを改良しながら伝播《でんぱ》させる。日本ではハゼ釣をする場合、食いが悪いとアメリカ式の底釣と同じような仕掛で釣っている人がある。但《ただし》、ハゼ釣の人はカミツブシの代りにヨリモドシを使い、底釣と云う代りに、引通しのオモリの穴を糸が行ったり来たりするからイッテコイと呼んでいる。いつごろイッテコイが発明されたのか、私は東京の益田克さんという釣師に聞いたが年代のことはわからないと云った。

笠置《かさぎ》・吉野

待望の木津《きづ》川行と吉野川行を実行しようということで丸山君同道で出かけたが、木津川の方は前もって釣場《つりば》の問いあわせをして置かなかったので見込ちがいになった。人の話や想像から木津川を買いかぶっていたのである。朝の八時、伊賀上野駅に着いて汽車を乗替えるとき、改札の駅員に聞くと、大河原の川下に行けばアユでもハヤでもコイでも釣れると云《い》った。地図を見ると大河原の次が笠置《かさぎ》である。大河原と笠置の間には、水源を山辺山地から発する枝川と、添上《そえかみ》山地から発する枝川と、この二本の川が木津川本流に流れこんでいる。おそらく水深も加わっているだろうと思った。

「では、笠置まで行って、笠置山を正面に見ながら釣ろうじゃないか。後醍醐《ごだいご》天皇の行在所《あんざいしょ》のあった笠置山だ。その昔は離宮のあった笠置山だ。役《えん》ノ行者《ぎょうじゃ》もいたことがある山だろう」

丸山君に私はそう提案した。

私たちは笠置で降りて、駅前にある美登利屋という食堂に寄って朝飯の註文《ちゅうもん》をした。

土間の硝子戸《ガラスど》に「田舎で稀《まれ》なコーヒーの店」「味本位和洋食」と書いた紙が貼《は》りつけてある。土間のなかにはアイスキャンディーの製造機が置いてある。入口に水のあふれ出ているコンクリートづくりの水槽《すいそう》がある。その水で顔を洗って川向うを見ると、誂《あつら》えむきに笠置山が目近く聳《そび》えていた。

丸山君が食堂のおかみさんに朝飯の仕度を急がせて、

「おかみさん、笠置山の後醍醐天皇さんの行在所は、お宮かお寺のようなものになっているのかね。ちゃんとした建物があるのかね」

そう云って聞くと、

「玉垣《たまがき》があって、土台の石が残っているだけどす。歴史がこんなんなったんで、お宮もなおしてもらえへんのどす」

と傍《そば》から中年の姐《ねえ》さんが云った。

「姐さん、後醍醐天皇は、ときには山をくだって川遊びなんかされたろうか。それと違うかね。つまり川釣なんかされたろうかね。そういう云い伝えか何かないのかね」

私がそう聞くと、

「そんな話、聞かしまへん。山へ籠《こも》っていやはったから」

と云った。

ここは木津川の左岸の地でも京都府下で、その以南の村落は奈良県下になっている。この川へ釣りに来る外来者は主に奈良や大阪の釣師だが、笠置では釣れないのでみんな大河原まで釣りに行くそうだ。大河原でなら大きなコイが釣れ、先日も奈良の人が一貫八百目のコイを釣って、そのとき釣竿《つりざお》を折られて大変に難儀した。

おかみさんがそう云うので、私たちもここは素通りして、もう一つ待望の吉野川へ直行することにした。私は笠置山へ登るのも割愛しようと思ったが、おかみさんが夏場だから観光客は少いし眺望《ちょうぼう》絶佳だからと勧めるので、では登ろうということにした。

「田舎で稀なコーヒーの店か。姐さん、ここのコーヒーはうまいかね」

と丸山君が聞くと、

「そりゃ、ほんまに美味《おい》しゅおます」

と云った。

私たちはコーヒーを飲んでから出かけて行った。昔、笠置山は天武天皇の大海人皇子《おおあまのおうじ》時代の遊猟の地で、後に大塔を築き仏寺を建てられた霊山だと云い伝えられているそうだ。海抜四百何十メートルというのだから大して高くないにしても、台地が花崗岩《かこうがん》の甚《はなは》だ急峻《きゅうしゅん》な山になっている。登って行く新道の左手に絶壁をつくっている台地の大露頭が見えた。要害の山である。六合目ぐらいまで登って、一ノ木戸の紅葉屋という茶店のところから木津川を見おろすと、全体に流れが浅くて川底は白い砂ばかりだということがわかった。これではハヤだって釣れないだろう。そうだ、吉野川へ急いで行こう。もうここはこれきりにして引返すことにしよう。私たちがそんな打ちあわせをしていると、茶店のおかみさんが出て来て、いきなり私たちに観光案内の説明をやりはじめた。

この茶屋の付近は、元弘の乱のとき官軍の足助《あすけ》某という武士が、強弓をもって敵将荒尾兄弟なるものを射斃《いたお》したところである。また、般若《はんにゃ》寺の何とかいう怪力の僧兵が、大きな石を投げつけて敵兵を悩ましたところである。この南の谷を地獄谷、または斬込《きりこみ》谷という。おかみさんはそういう意味のことを立板に水ですらすらと喋《しゃべ》った。

私たちはそこから山をくだって、駅前の美登利屋食堂にあずけておいた釣道具や鞄《かばん》を持って汽車に乗った。木津川と殆《ほとん》ど並行に進んで行くのだが、川の流れが次第に浅くなって、釣をしている人の姿は一人も見かけなかった。流れが次第に干上って砂川になって行く。汽車は木津というところから、その砂川を嫌《きら》ったように急に左に迂回《うかい》する。やがて奈良、大和郡山《やまとこおりやま》、法隆寺、王寺、王寺で乗替えて吉野口、吉野口から電車で吉野という駅順である。

私は吉野には一度、中学生のころ修学旅行で行ったきりである。四十何年前のことになる。そのときには六田の渡しを川船で渡り、ちょうど尋常六年の国語教科書第一課「吉野山」に書いてあった通りの順序で見物した。「六田の渡しを渡り、登り行く坂路の左右、すでに桜多し。何とか何とか、云々《うんぬん》。村上義光《よしてる》の墓を弔う。眺望いよいよ開けて、満目すべて桜なり。」この順序で、銅《あかがね》の鳥居、蔵王堂、皇居の跡を見て、銅の鳥居の近くにある

「花のなか宿」という旅館に荷物をあずけて見物してまわった。見物がすんでからもその宿に泊った。

今度、私はその宿に泊ろうと思ったが、吉野山のケーブルカーの降車口でハイヤーの運転手に聞くと、「花のなか宿」という旅館は吉野山にはないのだと云った。

私の記憶ちがいであったろうか。私の泊ったその宿には、襖《ふすま》をはずした部屋の床の間に、広瀬淡窓の七言絶句の半折が掛けてあったのを覚えている。この詩は私たちの漢文の教科書にもあったので、誰かがそれを大きな声で朗吟すると、宿の主人か番頭がやって来て、「この詩は、昔、手前どものこの家のこの部屋で、淡窓先生がお書きになったものです。淡窓先生の御傑作です」というようなことを云った。みんな瞬間しんとした。修学旅行はいつまでも思い出になるものだ。翌日、宿を出発のとき玄関で草鞋《わらじ》をはいていると、女中が私たち一人ずつの肩を後ろからたたいて「新婚旅行のときには是非ともおこし下さい」と愛想を云った。(当時、私たちの中学では旅行のとき生徒は草鞋をはいていた。吉野から高野山に行って、高野山大学の学生と野球試合をするときにも、選手はみんな草鞋ばきであった。投手が片足あげて投球の構えをすると草鞋の裏が見えるので、高野山側の応援団の坊さんのうちには笑い出すものがいた。高野山側の選手はみんな墨染の衣に襷《たすき》をかけ、白足袋に白い鼻緒の草履をはいていた。)

「たしか、花という字のつく旅館だ」と私は運転手に云った。「花の屋でもなし花壇でもなし、やっぱり花のなか宿だったようだ。裏座敷から深い谷が見えた。谷底の木の茂っている間から川が見える宿なんだ。あの谷川は、禁漁になってるんじゃないだろうな」

「花のなか宿という名前の旅館は、吉野の山にはありまへんですね」

運転手は私たちを竹林院《ちくりんいん》の群芳園《ぐんぽうえん》というのへ連れて行った。

ここの裏座敷からも深い谷が見え、谷向うの山の向うに遠く二子山が見え、その左手にどっしりとした大きな山が見えた。宿の人に聞くと、二子山は近江《おうみ》の国の二上山である。どっしりとした方の山は金剛山で、その山の左手の裾《すそ》に楠公《なんこう》さんの根城であった千早の赤坂村があるそうだ。

「でっかい山だ。来るとき、奈良盆地から近く見たときよりもずっと大きい。山は仰いで見るより、こうして見る方が大きく見えるのかしら」

と丸山君が今さらのように云った。

大体において吉野山の町では、尾根づたいになっている一本道の両側に寺や神社と共に家が並んでいる。だから、どの家の裏座敷からも谷間を一望に出来るわけである。丸山君と連れだって、群芳園の筋向うの家の裏手に出てみると、私の記憶にある花のなか宿から見た谷川は、あるか無しかの小さな流れであった。私はがっかりした。四十何年前に見たこの谷川は、私の記憶のなかで十倍もその上にも大きく膨らんでいた。群芳園の主人に聞くと、この谷川ではニヨーラクという小さな魚が釣れるだけだそうである。ハヤに似たような極めてつまらぬ雑魚《ざこ》であるそうだ。

翌朝、竹林院の本堂で山伏たちの吹き鳴らす法螺貝《ほらがい》の音で目をさまし、吉野川本流沿いの上市という町に向けて山を降りた。この町には阪本昇三さんという町長がいる。丸山君がこの人に前もって連絡して置いてくれたので、私たちが町役場に行くと、よく来たと云って同じ町の樫尾《かしお》というところの釣の名人のところへ案内してくれた。同じ町と云っても、町村合併で生れた町だから樫尾までは相当な道程で、うねうねと吉野川に沿うて川上に向って行く。悪くないような淵《ふち》や瀬が至るところに見えた。

車のなかには助手台に町長さんのぼんぼんが乗っていた。これが言葉すくなく沿道の古跡の説明をしてくれた。川の左と右に妹山《いもやま》背山《せやま》と分れて見える妹背山。その少し川上にある天武・持統両天子のよく御幸《みゆき》されたという吉野離宮の跡。町長さんから貰《もら》った「観光よしのしおり」には「記紀万葉をひもとくまでもなく、往時の大宮人の川あそびのありさまを偲《しの》びおこさせる水と山との静かな美しいところである」と記されている。「吉野宮に幸でませるとき柿本朝臣人麿《かきのもとのあそみひとまろ》の作れる歌。見れど飽かぬ吉野の川の常滑《とこなめ》の、云々」という一首も抜萃《ばっすい》されている。大海人皇子挙兵による壬申《じんしん》の乱と関係の深い土地である。その辺りには川の向岸に断崖《だんがい》が続き、近代的な大橋も架っている。岸が高くて川幅が広いのだ。その大きな川が細長い谷を縦に両分し、向側とこちら側を別箇の領地にしているような感じである。

「町長さん、この谷の人は、川向うの人とこちら側の人と、仲が悪いようなことはありませんか」

「決してそんなことはありません。その必要がないですから」

次にまた一つ大きな橋がある。その橋を渡って坂を登ったところに釣の名人の住宅がある。ちゃんと石崖《いしがけ》をめぐらして、垣は青々としたイブキの生垣になっている。庭の入口にウバメガシの木を植えてある。離座敷の内庭には、石灯籠《いしどうろう》のところに程よく刈込んだヤマモモの木が植えてある。その他、コウヤマキ、細葉のツゲの木など植えてある。ツゲの木は、植木屋たちの云う謂《い》わゆる和州大台ケ原のコメツゲであった。

町長さんの紹介でこの家の主人は私に名刺をくれ、今朝から釣っていたが、さっぱり駄《だ》目《め》だから川からあがって来たところだ、と町長さんに云った。名刺を見ると、竹田平重郎さんという名前で、材木を扱っている人だとわかった。背が高くどっしりとして、夏の釣師の顔だから陽《ひ》にやけて目がきついが、風貌《ふうぼう》から受ける感じは悪くない。何となく、すかっとしたところがあるようだ。私はその話しぶりから見て、この人は町長さんと中学時代からの仲よしではないだろうかと思った。

平重郎さんは町長さんを相手に（町長さんは釣は全然やらないと云うのだが）川の情況を話した。先日、六十年来の洪水《こうずい》があったので、アユは殆どみんな川下に押し流され、しかも産卵期が近づいたから今年はもうこんな川上には遡《さかのぼ》らない。雌のアユはもう胸に黄色い斑点《はんてん》をつけている。川石のヌラも、あと三日か四日たたないと発生が覚束《おぼつか》ない。今日は午前中に五尾しか釣れなかった。今日は釣は止《よ》した方がいいだろう。最近、この村内に（町内とは云わなかった）ダムが二つ出来たので、川の水も減って釣り難《にく》い。以前は盛期には百尾は釣れたものだ。

「しかし実演して見せてもらいたいな。人から聞いた話だが、あんたの発明したというのは、その釣方はどうやるのかな」

町長さんがそう云うと、平重郎さんは素直に受けて町長さんを相手に説明した。それは、いっぷう変ったやりかたである。囮《おとり》に鼻環をつけないで、その代りに七分五厘《りん》の掛鉤《かけばり》を弧型になるように切って使う。すでに掛鉤でなくて弧型の針金の切屑《きりくず》である。その切屑はまんなかをハリスで縛っておく。それをアユの鼻に通し、鼻の上でハリスに引っかけておく。一方、もう一つのハリスで背鉤《せばり》を立てる。アユの背首のところは脂身《あぶらみ》だから、鉤を立てても大して痛痒《つうよう》を感じない。掛鉤を背首に立て、それを結んだハリスでアユを引張るようにするために、鼻に通したハリスには長さに少しゆとりをつけておく。つまり在来のやりかたのトロ場で背環を使うのと違いアユを静かな流れに游《およ》がすようにするのでなくて、激流のなかに深く沈めるのである。アユは鼻で引張られているのでなくて、さほど痛さを覚えない背首で引張られてるようになるわけだ。従ってアユは顎《あご》を出さないでもすむことになる。

「その場合、鼻につける方の鈎は、鼻環にしてもいいでしょうか」

私がそう云うと、

「鼻環は曲げるのに面倒ですから。忙しく釣れるときには、どんどん忙しく釣りたいですから」

と平重郎さんが云った。

そこで背鈎を立てて、それでもまだ囮が沈まないような浅くてきつい瀬の場合なら、はずれぬ程度に囮の口にマッチの棒で突っかいをするのだそうだ。口をあけさせれば、水の抵抗を余計に受けて囮が沈むことになる。

「このくらいの長さにして」

と平重郎さんは、マッチの棒を三分の一か四分の一ほどの長さに折った。

「これで突っかい棒をして、いったん口をあけさせたアユは、棒をはずしても口をあけたまんまです。昔、この辺の釣師は、鼻環をつけて、更にハリスを首に巻きつけていたものです」

激流だからそういう釣方が工夫されたのだろう。この辺の釣師は、オモリは岩に引っかかるから使わないそうだ。平重郎さん自身は、タモ網も囮箱も使わないのだと云った。釣れたアユは囮と共に宙ではずして腰の魚籃《びく》に入れ、元気よく跳ねている方を手で探り取って、宙で囮につけかえるのだと云う。それが出来れば仕事が早いに違いないが、手から滑り落ちるおそれはないものか。

「まるで曲芸みたいですね。つるりと滑って逃げませんか」

「こういう具合に握ります」

平重郎さんは箸包《はしづつ》みの紙でアユを握る仕方をやって見せた。アユを手摑《てづか》みにして、親指でそれの片方の目を軽く抑え、反対側にまわした指で少しアユの首を手前に曲げるのである。

「うんと大きなアユのときは、こうして胸へ当てます」

と仕種《しぐさ》をして見せた。

この旦那《だんな》が釣の仕度をしに座を立つと、町長さんが独りごとのように云った。

「あの人、釣の話をすれば、釣に出かけないじゃいられないだろう。ながい間のつきあいだが、あの人が釣の話をしたのは今日が初めてだ」

平重郎さんは草鞋ばきで腰に魚籃を下げ、二組の竿を持って私たちを河原に案内してくれた。私は河原で草履にはきかえて、持って行ったヤマメ竿に蚊鉤釣の仕掛をつけた。その間に平重郎さんは橋の下で囮をつけて来て、

「これでやってごらんなさい。ここらがいいでしょう」

と、その竿を私に持たしたので、私は自分のヤマメ竿を丸山君に持たした。

私の借りた囮は元気がよくて、産卵期の囮はこれに限るしるしの黄色い斑点を胸に持っ

ていた。竿も軽くて素晴らしい調子である。仕掛は先刻の話の通り、鼻環の代りが弧型に切った針金である。背鰭《せびれ》と頭の間に鉤が立ててある。掛鉤は一つで、枝にして結んだ子が一つ、そのハリスが鼻に通した糸につないである。道糸は竿よりも三尺ばかり短いので、囮の位置を変えるとき、水に流さないで水面すれすれに宙で放《ほう》るのに都合がいい。その代り、もし釣れたら手元を抜いて、タモ網を誰かに借りる必要がある。囮はオモリがないのに激流に沈んだ。平重郎さんは二十間ばかり川下で竿を構えていた。

　私は暫《しばら》く同じ場所でねばったが釣れなかった。水のなかの小石を拾って見ると、ヌラがちっともついていない。ところが川下にいる平重郎さんは、橋脚の基礎になっている岩石の上に立っていて釣りあげた。先刻の話の通り、宙に釣りあげて、ハヤをはずすように宙ではずし、竿を肩に立てかけて囮をつけかえた。

　私のそばに見識らぬ釣師が一人いた。この人は私たちが河原に来る前から釣っていたが、この人の釣の仕掛は平重郎さんのとは違っていた。背鉤はつけないで、鼻環の弧型に切ったのを囮の鼻に通し、そのハリスを囮の鰓《えら》に巻きつけている。現在のこの辺の釣師のやりかただと思われる。後でわかったが、この人は吉野町の大北喜三郎さんという釣師である。見ていて竿の扱いかたは大したものだと思われたが、川下の平重郎さんは釣りあげるのに、喜三郎さんは私と同じように釣りあぐんでいた。

「僕は囮を休養させます」

私は河原にしみ出ている清水のたまりに囮を入れて休ませた。かれこれ二時間ちかく引きまわした囮だが、口のはたに少し疵《きず》をつけているだけで色も大して変っていなかった。普通、この川ほどの激流なら、私は三十分もたたない間に囮を半死半生の目に遭わしてしまう。仕掛が違っているためにしても、仕掛にも上手と下手がある筈《はず》だ。私は弧型の切屑をはずして見て、それを囮の鼻の穴に入れようとすると囮があばれてハリスから抜け落ちた。幾度やってみても同じことであった。喜三郎さんは私が手を焼いているのを見て、

「抜けましたか。つけてあげましょう」

と云って、器用につけてくれた。囮は喜三郎さんに握られても、ちっともあばれないで

「でも、お手やわらかに」と云っているような感じであった。

平重郎さんは私の囮を調べに来て、新しい囮につけかえてやろうと云った。

「いいえ、大丈夫です」

と辞退すると、川下へ行ったが暫くするとまた引返して来て、

「型のいいのが釣れましたから」

と云って、大型の勢いのいいやつにつけかえてくれた。それでも私は釣れなかった。

私が竿をしまったとき、丸山君は河原の平たい大きな岩の上に腰をかけていた。町長さんのぼんぼんは、丸山君から持たされた私のヤマメ竿で小さなハヤを釣り、それを草の茎に刺し並べたのを持って河原に立っていた。ヤマメ釣の太い蚊鉤でも小さいハヤが来るも

のらしい。この蚊鉤は、函館の釣師である中島渓風さんの製作で、本州のヤマメをこの鉤で試してみろと云って贈られたものである。

帰りは、また町長さんの自家運転で、今度は川の左岸沿いの道を上市まで帰って来て、橋のたもとの平宗という旅館に投宿した。川がすぐ窓の外に見える部屋に通された。窓の下で子供のハヤ釣をしているのが見えた。流れがゆるやかで、浮木《うき》が殆ど静止しているように見えた。その浮木に微《かす》かな動きがあるたびに、子供はうまく釣りあげてバケツに入れていた。小学三年生か四年生ぐらいの子供である。

「坊や、餌《えさ》は何だね」と聞くと、

「団子」と振向いて答えた。

子供は餌をつけかえるとき、その練餌《ねりえ》をズボンのポケットから小出しにしながらつけていた。その慎重な手つきが余計にあどけなく見えた。

その晩は、灯籠《とうろう》流しがあるということで夕方まで川向うで太鼓を叩《たた》いていた。日が暮れると、何艘《そう》かの施餓鬼船が川上に向って行き、暫くすると川上からたくさんの灯籠がゆっくり流れて来た。みんな一箇ずつ火影を水にうつし、岸近く片寄っているものほどゆっくり流れていた。私は窓のところに行って、一ばん後から流れて行く灯籠に「びりっかす、しっかり」と声援した。

私は丸山君に、明日の朝は五時に起きてハヤ釣をする約束をして寝床に入った。理由はわからないが目が冴《さ》えてちょっと眠れなかった。あながち釣れなかったためばかりでもなかったろう。それでも釣場の流れが目にちらついた。平重郎さんはアユを鉤からはずすときの要領について、昔の人はタモトクソを手につけてはずしたものだと云っていた。昔の人は着物の裾をまくり上げて釣をしていたそうだ。それから、放流のアユと自然のアユの区別について、琵琶湖のアユは形も悪く、囮に使うと早く赤くなり、鼻を早くいためると云っていた。身が柔いので、背鉤を立てると切れ易《やす》くて傷だらけになると云っていた。ぬらぬらも多すぎると云っていた。平重郎さんの話では、この辺には「ピン」と称する珍しい釣方もあるそうだ。

翌朝、早起きの丸山君が約束通り五時に起してくれた。私は顔を洗うのは後まわしで、魚籃と竿を持って丸山君と連れだって釣具屋を捜しに出た。新聞配達の少年に聞くと、警察署の前に一軒あると云ったので、教わった通りにたずねて行くと、釣具屋では、おかみが朝刊を取りに土間へ降りていた。それが硝子戸《ガラスど》の外から見えた。声をかけると、ゆっくり戸をあけて、羊羹《ようかん》に似た練餌を睡《ねむ》そうな顔で売ってくれた。釣場を聞くと、すぐこの路地を下ったところで釣れると云って、「ハエならどこでも釣れます」と云い足した。

ところが、路地を入ったところの洗濯場《せんたくば》では一ぴきも釣れなかった。そこからちょっと川上の、大きな屋敷の石崖の下でも釣れなかった。ここの流れは練餌には早すぎるかもしれないと思われたので、平宗旅館の前に引返し、昨日の子供が盛んに釣っていた場所で試したが駄目であった。幾ら釣れないと云ってもあまりにもひどすぎる。団子の撒餌《まきえ》をしてみたが効力がない。

「いや、こんなこともあるもんだ。もう止《よ》しましょう。お待ち遠さま」

私は竿をたたんで袋にしまった。

旅館に帰って朝飯を食べ、帰りの仕度をしていると、町長さんが役場の山林課の人を連れてお別れの挨拶《あいさつ》に見えた。こちらは昨日からずっと世話のかけ放しである。山林課の人は私たちを駅まで見送ってくれた。

汽車を王寺駅で乗替えるとき、ちょっと時間があるので最寄の川でハヤ釣をすることにした。魚籃のなかに練餌の使い残しを入れていたのが道草をくう元であった。せっかく大和の国にやって来て、ハヤ一ぴきも釣れないのは後口が悪かろうという思いもあった。駅前のバス会社出張所で聞くと、ここから五分か六分で大和川へ行けると云ったので、駅に鞄《かばん》をあずけてその釣場へ急いだ。

川は町はずれを流れている。橋の下に、ピケ帽の釣師とハンチングの釣師が少し間隔を置いて釣っていた。

「ちょっと伺いますが、この川は何が釣れますか。僕たち、餌は練餌しか持っていないんですがね」

丸山君がピケ帽の釣師にそう云うと、

「フナ、ハエ」

と素気ない返辞をした。

 すると、ハンチングの釣師が丸山君に、

「練餌なら、そこらがよろしい」

と土崩れのしているところを指差した。

 私はそこにしゃがんで撒餌をして、ハヤ釣の仕掛に取りかかりながらハンチングの釣師に聞いた。

「ちょっと伺いますが、この川は竜田川という川じゃないんですか」

「そんなことはない」と、その釣師は云った。「そういうことを云った者もあるそうだが、この川は大和川です」

地元の人ではなさそうな言葉つきである。返答の仕方にも腑《ふ》に落ちないところがあった。後で汽車に乗ってから地図で調べると、竜田川とか飛鳥《あすか》川などはこの大和川の支流になっている。それからまた後で、家に帰ってから百科事典で調べると、昔は大和川を竜田川と云っていたという説もあると書いてあった。偶然の符合である。ところが大和川で見たハンチングのその釣師は、私のことを煩《うるさ》いやつと思ったか早々に竿をしまって立ち去った。私はすぐその場所を占領してハヤを一つ釣りあげたが、あまりに小さいので魚籃のなかに入れかねた。

「こいつ、逃がしてやろうかな。しかし、一ぴき釣ったから、これでもう大和の釣は止しにしときます。どうです、あんたも一ぴき釣りませんか」

私は丸山君に竿を渡し、魚籃をはずしたり汗を拭《ふ》いたりした。

私の釣ったハヤは砂の上にころがっていた。それに気がついて急いで川のなかに放してやると、浅いところに落ちて腹を返して死んだようになっていた。そいつが丸山君の釣っている間に、次第に身を起したり尾を動かしたりするようになって来て、すっと深いところに游いで行った。

「あのハヤは、今に川の水面から顔を出すぞ。その瞬間、俺《おれ》のことを、へたくそ、馬鹿《ばか》野郎と云うにきまっている」

私はそう思った。しかし丸山君が釣を止すまでには、そのハヤは顔を出さなかった。一説によると、釣って半殺しにした魚を誤って逃がした場合には、その魚は瞬間的に水面から顔をのぞかせることがあるそうだ。私の釣友達であった竹村書房の主人も、もと都新聞にいた上泉秀信さんも、そんなのを目撃した経験があると云っていた。ナマズならそんな習性を持っているような気持もする。

大和川の王寺のその釣場から法隆寺まで、乗物でなら六分か七分の距離である。バスも通じている。私たちはついでに法隆寺を見物して帰って来た。

淡路島

淡路島にはタイ釣《つり》の上手なヒデさんという漁師がいる。かねがねその噂《うわさ》は人の話で聞いていた。一本釣の漁師だが、由良《ゆら》の魚市場へ水揚げするタイの量から云《い》って、ヒデさんはいつも他の漁師たちから群を抜いている。そういう噂を聞いていた。いつか神戸新聞にも、タイ釣ではヒデさんが関西随一の漁師だと書いてあった。今度はその漁師に会いたいと思って淡路島へ行くことにした。「釣師・釣場」の取材旅行における最終回にあたり、淡路島へ行くというのも何となくおさまりがつきそうな気持であった。

今度も私と同行した丸山君は、前もって洲本《すもと》市の中村徳松さんという人に、淡路島でタイ釣の一ばん上手な釣師を紹介してもらいたいという手紙を出した。折返し承諾の返事が来たので二人で淡路島の洲本市へ出かけて行った。ところが、折から徳松さんが市議会に出席していたので市役所へ訪ねると、徳松さんはそこに来あわせていた老人と中年の人を私たちに紹介した。中年の人は井宮儀三郎さんといって洲本市の市会議長だが、タイ釣が好きでたまらない人ではないかと思われた。あながち上の空でもなさそうに、

「どうか、どっさり淡路のタイを釣って下さい」

と私を励ました。

老人の方は野口愛次郎さんといって、明治八年生れだそうだが矍鑠《かくしゃく》たるものである。タイ釣のことやタイの料理の仕方などについて豊富な知識を持っていた。

「タイは、他の魚もそうだが、器量のよいやつでなくては食べて味が悪い。それから、水から揚げるとき、一と思いに殺さなくては味が落ちる。生きたタイでも、俎《まないた》の上で三べん跳ねたら味が落ちるのです。よい板前なら、タイの切身を見て、これは俎の上で跳ねたタイの切身だということがわかります」

愛次郎翁《おう》はそう云った。

タイの容貌《ようぼう》は鼻のあたりを見れば見分けがつくのだそうである。鼻先がすんなりとしているのを美貌とする。その反対に、おでこのところが角立っているように見えるのは不器量だとする。だから結婚のお祝のときなどに、おでこのでっぱっているタイを進物にすると、淡路島の人は喜んでくれないのだそうだ。

愛次郎翁は淡路島における水産業や漁場などの開発発展に尽して来た人だそうである。私はこの老人の話を聞きながら、ふと思ったことに、もし自分が高田屋嘉兵衛《かへえ》を小説に書くならこの老人の風貌を取入れたいと思った。物に動じない感じの、じっくりとした人物である。ガローニンの「日本幽囚実記」に説明されている嘉兵衛の風貌を偲《しの》ばせる。しかし、これは嘉兵衛が淡路島の出身で、水産、漁法、漁場などの発展開発に尽したから、連想がそこへ行ったようにも思われる。この島の東海岸には嘉兵衛の自費で造った築港が残っている。当時、その土地の人たちは、嘉兵衛が港を独占するつもりだと云って初めのうちは心配したそうだ。今では嘉兵衛の彰徳碑が道ばたに建っている。

私たちは紅茶を御馳走《ごちそう》されて市役所を出た。徳松さんは会議中で手が放せなかったので、代りに、三住国彦さんという釣好きの人を私たちの案内役にしてくれた。ところが、国彦さんが私たちを由良の港に連れて行き、私たちに紹介してくれた漁師というのが、噂に聞いていたヒデさんであった。

「この人は、私の知っている限りではタイ釣の一ばん上手な漁師です」と国彦さんが云った。「海の底の網代《あじろ》を手に取るように知っています。今日、ヒデさんは沖へ釣に行って、さっき帰って来たそうです」

「大漁でしたか」と私が聞くと、

「三十五尾」とヒデさんが云った。

その内訳は、七十目ダイを二十五尾、二百目ダイを十尾である。

ヒデさんは柏木秀次郎が本名で、玉秀《たまひで》さんが俗称である。若いとき、稲荷《いなり》様の紋章である宝珠の玉の模様を屋号のしるしにしていたので、玉秀さんと呼ばれるようになった。今年六十三歳である。十三のときからタイ釣を専門にして今日に及んでいるが、最初のうちは幸吉さんという筋のいい漁師をお師匠さんにしたそうだ。やはりタイ釣も将棋や絵画などと同じように、初めのうちは筋のいい先輩を師匠にした方がいいらしい。

私たちはヒデさんと明日出漁する時刻と、落合う場所について打ちあわせをした。「タイ釣は、朝寝をしたらあかん」とヒデさんが云った。「朝、おてんとさんが出るとき、釣をするその場所に船を持って行っとらんとあかんのや。しかし、明日の朝は曇で、午後から雨じゃろな」

明日の朝五時半に岸壁のところで会うことにして、私と丸山君は案内の国彦さんに連れられて港の裏山から岬《みさき》の突端まで見物の散歩をした。このあたりは終戦時まで要塞《ようさい》地帯になっていて、一般人は立入禁止になっていたそうだ。裏山に登ると、姥目樫《うばめがし》や山桃が至るところに生えていた。ところどころに鳴門蜜柑《なるとみかん》の畑も仕立てられている。

「ここはお墓を大切にするところです。それがこの土地の風習です」と国彦さんが云った。

墓地は山裾《やますそ》の傾斜面に幾箇所も見つかった。墓石は磨《みが》きが念入りで大きさも形も揃《そろ》い、たいていは御影石《みかげいし》だが風化していないものはぴかぴか光っているのもある。長命の人が多い土地だから、立派なお墓が並ぶことになるのだろうか。島だから古式を守る風儀が保存されているのだろうか。

もと要塞砲兵のいた兵営の跡は、兵舎が分譲されて一区域の部落をつくっている。要塞司令部の建物は小学校になっている。だが、いちいち過去のことに感慨を寄せている暇はない。何箇所かの山の上の砲台は、進駐軍が爆破したということだが、その代りに現在では、海に突出している一つの山の上に、自衛隊の堂々たる駐屯所《ちゅうとんじょ》が建てられている。

「終戦まで、一般人はこの山道の通行を禁じられていました。岬の砲台へ行く道も通行禁止でした。憲兵が見張っていたのです」

私たちはその山道を下って、岬の砲台跡に通じる道を行った。大砲の爆破された跡にはセメント造りの円型の穴ぼこが残っているだけで、観光客が棄《す》てたと見えるビールの空瓶《あきびん》や罐詰《かんづめ》の空罐などが放《ほう》りこまれている。国彦さんは、ここの地形や向うに見える陸地などについて説明してくれた。港の正面に二つの小さな島があって、それが砂洲《さす》でつながっているので自然の防波堤の役目を果している。この島と砂洲を総称して成山《なるやま》と云い、ここにも砲台があったというが、爆破されて噴火口のような大きな穴ぼこになっている。東南の方角に微《かす》かに紀州の山が見え、その裾に白く工場風の建物が見えるのが和歌山市、その右手に灰色に見えるのが和歌ノ浦である。潮岬《しおのみさき》はその右手に当る。この砲台跡のある岬の付根のところに、和泉砂岩台地の露頭を見せている山が海に突出して、その露頭が大きな絶壁をつくっている。この絶壁は通称をカベと云い、その沖をカベ沖と云って近傍随一のタイの釣場であるそうだ。

「明日は旧の十四日で大汐《おおしお》です」と国彦さんが云った。「午前中、次第に汐が満ちて来ますから、たぶんヒデさんは、あなたがたをあのカベから五百メートルほどの沖に案内するでしょう。水深は二十五尋《ひろ》です。そのあたり一帯にイソがあるのです」

イソというのは、でこぼこの岩の集団のことでタイの棲家《すみか》になっている。イソの集団が即《すなわ》ちアジロである。

「イソを前にして釣るのです。つまり、イソに向って、イソの際《きわ》のところにエビの餌《えさ》を垂らすのです。今はカカリで釣るのですから、ヒデさんならタイの大きさまでもわかります」

カカリ釣というのは船を碇《いかり》で定着させて釣ることである。この場合はタイが餌をなぶらないでいきなり喰《く》らいついて来る。その瞬間、合せの呼吸の相違によって上手と下手の区別がある。年期を入れているかどうかの違いがある。

カカリ釣と反対に、船を漕《こ》ぎながら釣るのはナガシ釣と云う。この場合はタイが餌をなぶりに来て、ちょっと触り、ちょっと呑《の》んで、またちょっと呑んで、少しずつ呑込んで行く。次に、ぐっと重く引く。このとき合せてやる。こんな具合に、魚が餌をなぶることを、ここの漁師は魚が餌をチヂリに来ると云っている。

私たちは宿に帰って来ると、ヒデさんに来てもらってここのタイの釣方について漫談をしてもらった。

「ここの漁師の使う熟語はわかりにくいですから、もし宜《よろ》しかったら私が通訳の労をとりましょう」

国彦さんはそう云って、ヒデさんの使う熟語や語彙《ごい》を、素人《しろうと》にもわかるように解説してくれた。

ヒデさんの話によると、ここの海では成山が存在するために、引汐のときも満汐のときも港内の汐が大阪や明石の方角と反対の西南に向けて流れている。したがって、港の出口に当るカベ沖の汐はそれに左右され、汐が満ちて来るときでも、上つらは引汐のときと同じ方向に流れている。だから海面ちかくの流れと底の流れが、同じ方角に向けて一致して来る時間でないと釣れないのだ。

「汐と、天気と、色と、三つ揃わんことには、あかんのじゃ」とヒデさんが云った。

その言葉を、国彦さんがこんなように解説した。

「つまり、汐の流れと、天候と、汐の色と、この三つが揃わぬとタイは食わんのです。雨風で海の水が濁りすぎていても駄目《だめ》。晴天つづきで汐が澄みすぎていても駄目。タイという魚は、自分の気に入らぬ汐のときには餌を食いません。贅沢《ぜいたく》な魚です」

汐は旧の十三日と十四日が最良で、六日と七日が不良だと云われている。

「明日は十四日で大汐ですから、絶好の汐なんじゃないんですか」

私がそう云うと、ヒデさんが少し難色を見せた。

「それでも、明日あたりはまだ水汐や。まあ、釣れればよいが」

「つまり、水汐というのは、こないだの颱風《たいふう》のためなんです」と国彦さんが敷衍《ふえん》した。「海の上層部の汐に真水が混っているのです。また、大汐のときに釣れるというのは原則ですが、汐が大きすぎると、満ちて行くにつれて底が濁ることもあり得るのです」

ここの海の底には泥土《でいど》の部分が相当にある。そこへ持って来て、瀬戸内だから潮流が激しくて、岩の部分も砂地の部分もあって、山あり川ありというように変化に富んでいる。魚が住みつき易《やす》いにきまっている。この由良の港は日本海側の香住《かすみ》港と共に、兵庫県における二大漁業地だと云われている。

「ここの海には、あらゆる種類の魚がいます。ことに、タイとハモと、ハマチが豊富です。いないのはクジラだけのようなものですね」

国彦さんがそう云うと、ヒデさんが言葉に力を込めてそれを打消した。

「いや、いまっせ。昔、よう来よったもんや。いや、ちょいちょい来まっせ」

ここの海を、冗談にも軽視させないといったような語気が見えた。

ヒデさんはタイ釣について、四季に分けて説明してくれた。同じ瀬戸内でもよその海の釣と少し違っているところがあるようだ。

由良の漁師は、一月二月は漁に出ない。魚の冬眠期間であるからだ。自然、旧暦の正月は殺生《せっしょう》をしないことになる。三月になって、南の風で汐がぬるんで来なくては、のぼりの魚も瀬戸内に来るようにならないのだ。冬が終って初めて南の風が吹くと、これは割合に大きな風で「春一番」と云っている。この風で気温もあがって来る。日に日に暖くなって水温ものぼって来る。

「春一番が吹くと、ここの漁師は、春一番じゃあと云って、俄《にわか》に活気を帯びて来るのです。のぼりの魚が入って来るばかりでなく、巣ごもりの魚も出て来ます。釣れる率も多くなるのです」

春のタイ釣には、ミミイカと云って耳の張っている小さいイカを餌にする。または、ハゲの皮を短冊《たんざく》に切って鉤《はり》の先に二枚ぐらいチョンガケにする。ハゲの皮の身と上皮のざらざらを削りとって、薄くしたのをセロファンのようにつるつるに磨いたやつである。私は翌日の釣のときそれをヒデさんに見せてもらったが、水に入れると綺麗《きれい》な薄茶色に見え、流れにそよいでイカナゴが游《およ》いでいるのとそっくりに見えた。

「ほんまに、人間でも食べたいくらいじゃ。これを使うときは、撒餌《まきえ》をせずに釣る」

とヒデさんが云った。

イカナゴという魚は西海に多いと云われている。いつも群れをつくりながら游いでいて、自分より大きい魚なら、どんな魚からも食われるという宿命を持っている。

ハゲの皮で釣る場合、ヒデさんの仕掛は、鉤が寸二、ハリスはナイロンの四厘《りん》がら、道糸は人造の二分五厘である。オモリは時に応じて絶えず付けかえる。これでも三百目以上のものが釣れ、一汐に一貫目の漁があるそうだ。

のぼりダイは新暦の四月上旬からである。他の魚と同じく外海から産卵に来るのだが、イワシの群れが多いときには大ダイのアジロにつく率が必ず多い。だから、イワシを網で捕ることは大ダイを外海に逃がしてしまうことになり、イワシ網はタイ釣の漁師には持てあましものだということになる。もう一つの敵は、海のギャングと云われている底曳網《そこびき》である。この網船は焼玉エンジンでもって海上を走りまわりながら、海底のアジロに宿っている魚を根こそぎに捕ってしまう。エンジンは十馬力以内で、漁場の区域も協定で定めてあるが、フルスピードで協定外の漁場に出没する。

ヒデさんは実に口惜しそうにこう云った。

「我々がアジロへ行くまでに、底曳網はそこのアジロあらしをする。協定を破ってやりおるのや。我々は泣いとるです」

夏のタイ釣は、ここでは海のエビを餌にして浮木釣《うきづり》でするそうだ。海底のイソを前にして舟を据《す》え、イソの上下に撒餌をして、オモリとの対比で浮木が立つようにする。浮木は親指くらいの太さで長さ一尺。（翌日、船でヒデさんの道具箱のなかにあったのを見ると、桐の木で造った自家製のものを墨で黒く塗りつぶしてあった。）夏のことだから、タイは岩の間から出て十尋から十二尋あたりのところで餌を求めて游ぎまわっている。浮木下はそれに適応する長さにして、餌を海底から二尋くらい離して釣るのが理想的である。浮木は立ち、餌は浮木の真下に来て共に流れている。その浮木がちょっと引かれたとき合せるのだ。

秋の釣餌は池のエビでテンビン釣である。ハリスは二尋、そのまんなかごろにヨリモドシをつける。オモリから一尋ほど上に、銅板で造った円形のカワセブクロと称する筒をつけ、このなかに撒餌の池エビを十尾ばかり入れて釣餌と共に海に放りこむ。この筒は上部が山型に塞《ふさ》がって小さな穴を幾つもあけてある。水に放りこむと、筒のなかのエビは水圧で上部に押しこめられ、オモリが海底に届くと反動でぱっと外に溢《あふ》れ出る。タイがそれに向って飛びかかる。鉤の餌にも喰らいつく。同じ瀬戸内の漁師でも、鞆《とも》ノ津《つ》の漁師はカワセブクロを布製にしていると云っていた。ヒデさんも以前は布製にしていたそうだ。

翌朝、私は漁船の喧《やかま》しい焼玉エンジンの音で目をさました。この由良の港には二千戸の家があり、そのうちの千世帯が漁業に従事して八百艘《そう》の漁船があるそうだ。その二割の漁船が手押船であるとしても、何百艘もの船がエンジンの音を立てながら出漁するのだから船出の音が物凄《ものすご》い。大汐の日に港でまごまごしている船はない。

ヒデさんの船も動力は焼玉エンジンである。大きな音をたてるので、うるさいけれども何か勇ましいようなものであった。釣場にはもう何艘もの船が押しかけて、それぞれ山を立てて船の位置を定め、汐を待ちながらお互に隣の船のものと大きな声で話しあっていた。その船の列で見ると、みんなで海の底のアジロをぐるりから取囲んでいるのがわかった。私たちの船も割りこんで行って碇を打ちこんだ。

「上の汐と下の汐が揃わんことには、あかんのじゃ」

　ヒデさんはオモリを海に放りこむと、道糸の張り具合によって汐がまだ駄目なことを私に教えてくれた。海面ちかくの汐はアジロの方に向って西南に流れているが、道糸は逆に船の底に寄って来る。底の汐が上の汐に対して逆に流れていることがわかった。

　私と丸山君は持って行った弁当で朝飯を食べた。ヒデさんは生簀《いけす》に囲っている池エビを掬《すく》って、餌のつけかたを私に実地教授した。

「タイは、チヌなんかと違うて、生餌《いきえ》でないと食わん。それから、餌が水のなかで廻《まわ》ると食わん。廻らんように餌をつけぬとあかん。一度でも廻るともう食わん」

　ヒデさんは小さいエビの尻尾《しっぽ》の方に鉤をさして見せた。腹の裾の方から尾鰭《おひれ》の付根に向け、ちょうど人間で云えば尾骶骨《びていこつ》のところに鉤の先が出るようにする。それも出るか出ないかの程度に留めておく。

「汐の速いときは、小さいエビをこんなようにしてつける。するとエビが、水のなかで肢《あし》をそよがす。そよがせぬと、タイが来てくれんのじゃ」

　ヒデさんは舷《ふなばた》の外に手をのばし、鉤にさしたエビを水のなかで流したり引張ったりして見せた。強く引張っても廻らない。ゆるめると、エビは腹部の無数の小さな游ぎ肢を、目にもとまらない早さで動かしている。

「汐の速いときと、ゆるいときは餌のつけかたが別じゃ。汐のゆるいときは、こうやって大けなエビを、こんなようにする。あんまり大けすぎても、鉤が細いとぐるぐる廻る」

大きいエビといっても、池のエビだからエダマメを半分に割いたくらいの大きさである。全身が半透明で、飛び出た目の玉だけ黒く、剣先をつけているカブトが灰白色である。胸元には、ちょこまかした小さな游ぎ肢が並んでいる。鉤をその胸元にある口からちょっと上にさして、カブトのまんなかに鉤先を一分くらい出してやる。出さないと抜落ちるおそれがある。

私たちは二時間ちかくも汐を待っていた。波のうねりが少しずつ大きくなって来て、すぐ近くまで黒汐が押寄せて来ているのを判別できた。海面の小皺波《こじわなみ》と汐の色でそれがわかる。いよいよ釣に取りかかるときが来たのである。隣の船でもその隣の船でも釣をやりはじめ、どの船も見るからに活気を呈して来た。

「いよいよ本番だね」と丸山君が云った。

ヒデさんは釣に取りかかる前に、舳《へさき》の方の碇綱を四寸か五寸くらいゆるめ、ほんの少しばかりだが船の向きを変えた。僅《わず》かな違いでも汐に対して呼吸を合せたのだ。但《ただし》、碇は舳の方から一つ打込んであるだけで、その碇綱の中ほどに、艫《とも》の方から延ばした綱を結びつけてある。これで船がちゃんと一定の向きを定めている。山を立てなおすとき、まごまごしないですむようにするためだろう。

私は万事ヒデさんの指導に従って道具を水に入れた。道糸の張り具合から見て、上つらの汐と底の汐が並行に流れはじめているのが知れた。オモリは四十目か五十目ぐらいの重さだが、流れが速いので糸が直角九十度の半分ほどの角度で張りを保った。オモリが海底に届いた手応《てごた》えを感じると、同時にヒデさんが、

「そこで二つ手繰る。十分に手繰る」

そう云って、二つ手繰る手つきをして見せた。

この漁師は傍《そば》で見ているだけでも、私の糸のオモリが底に届いたことがわかる。

「二つゆるめて」とヒデさんが云った。

私はその通りにした。

「それから、二つ手繰る」

私はその通りにした。

「揚げる」

私は糸を手繰り揚げた。餌のエビはまだ勢いがよかったが、ヒデさんはそれを取替えて、カワセブクロに撒餌を入れながら、声をひそめてこう云った。

「オモリが底に届いたら、すぐ二つ手繰って、ゆっくり口のうちで七つ数える。ヒ、フ、ミ、ヨ、イ、ム、ナ。それで、七つ数えるうちに来なんだら、もうあかんのや。ヒ、フ、ミ、ヨ、イ、ム、ナ。ゆっくり七つ数える」

海底におけるタイのずる賢さと敏捷《びんしょう》な動作を私は想像した。カワセブクロのなかの撒

餌は、十尾前後の生きた池エビである。それをタイは人間が七つ数える間に食ってしまって、鉤につけたエビの一尾だけは相手にしない。すると、エビの餌でもってタイを釣るこつは、オモリが底に届いて二つ手繰るときの要領如何《いかん》にあるのではないだろうか。撒餌のエビが水中を逃げまわるのと同様に、鉤につけたエビを自然の姿のように行動させなくてはいけないだろう。

試しに、私は生簀のエビを三尾、舷の外の水に入れてみた。エビは三尾とも、海底に向け垂直に游いで行こうとする生態を見せた。汐の流れに抵抗して、まっすぐに海底に急いで行こうとしているようであった。

「では、どんな風に二つ手繰ればいいか」

私はヒデさんの釣っている手元を観察した。オモリを放りこみ、カワセブクロを放りこむと、糸をずらして行く右手の甲を舷に軽く置き、オモリが底に届くと右手で大きくいっぱいに一つ手繰り、それをゆるめず左手に手繰りとって、二寸でも三寸でも余計に手繰るようにその手首を曲げる。その曲げかたに、踊の手つきのように綾《あや》をつけているかの観がある。「手繰るときには二つ十分に手繰れ」とヒデさんが云ったのはそこだろう。右手で手繰って、次に左手で横ざまに手繰るのは、餌を立体的に動かすためだろうか。

丸山君は船に酔ったと云って青ざめていた。それも船がゆれるからではなくって、エンジンの石油の臭気のためだと云って、両の鼻の穴に紙で栓《せん》をして船板の上に仰向けになった。

「吐けばいいんだ。それは万古の原則だもの。思いきって吐いたらどうです。近くを見ないで遠くを見ている方がいい」

私がそう云っていると、

「ちょっと、こっち向いて」

とヒデさんが云った。

見ると、ヒデさんの引張っている道糸が、今にも切れそうにぴんと張りきっている。しかし糸は一歩もゆるめられず、ゆるめて楽しむような道草は食わないのだ。ぐっと引張ったきりである。タイの大きさと汐の流れる度合を知っている人のやり方である。

丸山君は起きあがってタモ網を持った。

「いや、もっと大きい網がいい。一ばん大きなやつ」

と私が云うと、

「小さい網で結構や」

とヒデさんが云った。

「ゆっくり、ゆっくり」

と私はヒデさんに云った。

タイの三度目の抵抗がすむと、道糸は角度を揚げてきた。もう大丈夫である。掬《すく》いあげられたタイは、浮袋を処理されて生簀に入れられた。いつの間にか鱗《うろこ》に赤味を加えていた。

私と丸山君は生簀をのぞいて見た。大体のところ、百五十目、四歳以上のタイである。腹部の鰭の先と、上目蓋《うわまぶた》のところが瑠璃色《るりいろ》で、体の側面に瑠璃色の斑点《はんてん》がある。背鰭には金色または琥珀色《こはくいろ》のところが見える。ヒデさんがうまく釣りあげたので、尻尾も鰭も割れているところが一つもない。目も傷んだところはない。タイは傷みやすい魚で、ことに目が一ばん傷みやすい。鰭も割れやすい。

「それが正真正銘の〝前のタイ〟や。鼻がすんなりしとるんで、雌や」

淡路島付近の海で釣れるタイのうち、明石寄りの海で釣れるのが明石ダイ、鳴門寄りの海で釣れるのが鳴門ダイ、由良の沖で釣れるのを前のタイと云う。前のタイは明石ダイや鳴門ダイよりも味がいい。魚市場でも値段に相違をつけているそうだ。

釣りたての生きたタイは、生簀に入れて目近く見ると胸がすくかと思われるほどに美しい。私と丸山君は生簀をのぞいたまま、ヒデさんが釣りながらタイについて説明してくれるのを聞いていた。

魚は一般にそうであるが、不器量なタイは食べても味が悪い。そんなのは頭から鼻のところにかけて輪郭が立っていて、ことに瘠《や》せたやつは尻尾と胴との間のくびれ目が細くて貫禄《かんろく》がない。そんなのは鰓《えら》の上の肩のところを抑えてみると、身が入ってなくてすかすかである。瀬戸内育ちのものは赤味に艶《つや》があって華やかだが、外海育ちのものは鱗に黒みがあって、これはのぼりダイと云われ、愛次郎翁の話の通り祝儀のときの贈物には向かないのだ。黒みのあるのは三百目以上のものに多く、五百目以上のものは不器量で、一貫目以上のものは不器量なことは勿論《もちろん》だが、ずっと黒くなっている。大きなやつに限って刺身にしても身がこりこりして味がない。アライにすれば味がまだよくわかる。先《ま》ず三百目ぐらいのタイなら器量の悪いのは少いし、ことに雌は身が柔かくて味がいい。体側の瑠璃色の斑点が小さくて色の薄い方が雌である。

　ヒデさんは手数を惜しまず繰返して撒餌をしていたが、最初のやつより少し大ぶりな二百目ぐらいのものを釣りあげた。食いが立って来た。見ていると、すぐにまた、今度は三百目ぐらいのやつを釣りあげた。私は釣道具を持つ手を控え、ヒデさんの糸をさばいてる暢達《ちょうたつ》たる姿にずっと見とれていた。丸山君は青い顔をして仰むけに臥《ね》ていたが、ヒデさんが次にまた四百目ぐらいのやつを釣りあげると、「やあ、すごいすごい」と云って起きあがった。ばたばたと釣れる活況に船酔も少しさめたのだ。やはり紙だけはまだ鼻の穴に詰めていたが、次にまた四百目ぐらいのが釣れ、続いて四百目ぐらいのが揚がってくると、

「驚いたなあ。すごいもんだなあ。みんな中ダイというところだね」

　と生簀のなかをのぞきこんだ。

私も生簀をのぞいて見た。百五十目、二百目、三百目、四百目、四百目、四百目、という順序に釣れたのだ。

「まさか、大きさに順序をつけて釣ったのでもないだろう。偶然だろうな」

と私が丸山君に云うと、

「二百目以上のものは、一年に五十目ずつしか大きくならん」

とヒデさんが云った。

割合に成長の速くない魚である。二百目になるまでには五年ぐらい経《た》っているそうだ。だから二百五十目なら六年ぐらい経っているわけで、寸法から云えば六歳のやつは一尺五寸くらいにすぎないのだ。

汐が少し濁れて来て雨が降りだした。ヒデさんは汐の濁れる直前に、二百五十目ぐらいのものと三百目ぐらいのものを釣り足して、これをもって釣仕舞にした。雨は船の行手の方角から横なぐりに降っていた。ヒデさんは私たちにハマチの養殖場を見せてやろうと云って、港内で網囲いのなかにハマチを養ってあるところに船を寄せた。七寸か八寸くらいのハマチがどっさり見えた。ヒデさんは使い残していた餌のエビを、タモ網で掬ってその網囲いのなかに投げこんだ。ハマチがその餌に群がって来た。どっとばかりに群がって来た。

あとがき

これは新潮社刊行（昭和三十五年二月二十九日）「釣師・釣場」の改版本である。

私は釣が好きで、旅さきで他人が釣っているのを見るのも好きだ。じっと立って見ることもあるし、ちらりと見て通ることもある。汽車に乗っていて短いトンネルをくぐり、すぐにまた短いトンネルをくぐり、汽車は短い鉄橋を渡って行く。そのとき窓から見ると直下は谿流《けいりゅう》で、その流れに向って釣をしている人が目につくようなことがある。すると汽車はまたトンネルに入って行き、ほんの瞬時に限られた眺《なが》めだが、その谿流の釣師は雨が降ってないのに雨合羽《あまがっぱ》を着て、後の崖《がけ》に山吹の花が咲いていたことなど、眼底に残る。釣《つり》竿《ざお》のかまえかたが堂に入り、たった一人、ひっそりとして釣っていた姿が記憶に残る。こんな案山子《かかし》のような恰好《かっこう》の釣師を見るのは悪くはない。後日になって思い出しても気持がいい。

よく釣仕度をして汽車に乗っていると、傍《そば》から「どちらへお出かけです」「どこへ釣にお出かけでした」「釣れましたか」などと話しかけられることがある。そういう場合、相手はこちらの釣仕度や竿袋を見て、アユ釣かヤマメ釣かハゼ釣かの別を見分けているが、こちらの言うのを聞くよりも相手自身の釣談義をしたいために話しかけるのだと思って差支えない。アユならアユ、フナならフナと、こちらの返答次第で楽しげに釣自慢をしてくれる。私はそんな自慢話を聞くのも好きである。

ときには私も実地に釣をしたが、どうも隠居釣の域にとどまっていた。

この集に入れた釣談義は、すべて年期の入っている釣師からの聞書だが、こちらは年期が浅いから深奥《しんおう》のところには触れてないと思う。ただ釣りたくても釣れないので、釣れる人から釣れる話や釣る話を聞いて来る。そういう立場でもって書いた釣談義である。先方では話をする場合、こちらが要点を理解しないのでいろいろもどかしかったに違いない。

旅に出るときには、そのつど新潮社の丸山泰司君を煩《わずら》わした。昭和三十三年の春から翌年の秋にかけ、何回となく同行してもらった。但《ただし》、丸山君も私も鼾《いびき》をかくたちだから、旅さきの宿ではお互に気がねをした。一人が二階の部屋に寝ると、一人は階下に寝るようにしたことであった。

（昭和三十九年四月二十日）

秘伝の巻物のこと

解説　夢枕　獏

釣りというのは、まことに厄介な趣味であります。

「たしなむ程度に釣りをやっています」

こういう方もたまにはおられますが、そう口にする人の多くは、実はたしなむ程度というものではなく、実際は爪先から頭のてっぺんまで釣りにはまってしまっているというケースがほとんどと言っていい。ちょっとだけ釣りにはまっていますという人は少なく、世の中の人のほとんどは、とことん釣りにのめり込んでいる人か、まるで釣りをしない人かのどちらかなのである。

文壇でも釣り好きの作家は多い。

古くは幸田露伴先生が、釣り好きであった。利根川などにスズキ釣りに出かけては、それを作品に書いたりしている。

開高健は、まだ海外の釣りが知られてない頃、アマゾンの奥地や極北のアラスカへ出かけ、そこでピラルクだのキングサーモンだのを釣りあげて、それを文章にしている。井伏鱒二もそういう作家のひとりである。

本名が井伏満寿二であったのを、釣りが好きだったので鱒二としたというのは、どうやら本当のことであったらしい。

本書『釣師・釣場』は、文士の書いた釣り本の、古典的名著である。全部で十二編の随筆からできあがっている。

一九五八年から一九五九年にかけて連載され、その後、本として出版されたものだが、この時筆者は七歳から八歳、ようやく二メートル半くらいの竹竿を持って、釣りをはじめた頃であった。

ちなみに、一九五九年と言えば、『少年マガジン』、『少年サンデー』という、今も出版されているふたつの漫画週刊誌が創刊された年だ。

元号では、昭和三十四年である。

当時は、釣りと言えば、家の近くの川か海でやるものと決まっており、井伏鱒二のように遠くへわざわざ釣りのためだけに出かけてゆくというのは、今ほどあたりまえのことではなかった。

マイカーなどは、夢のまた夢、移動手段は鉄道かバス、あるいは馬車であった。

井伏鱒二が利用したのも、そういう交通機関であった。

ぼくが釣りを覚えたての頃——昭和三十年代というのは、おそろしく自然が豊かであった。川の水は美しく、フナ、タナゴ、メダカなど、今はあまり見られなくなった魚が、地元の川にうじゃうじゃいたし、水棲昆虫もたくさんいた。天国のようであった。

海は海で、カサゴやハタは、今よりひとまわりふたまわりは大きいサイズのものがいくらでも釣れ、サザエやトコブシなどもとりほうだいという、夢のような時代であった。

ああ、もう一度、あの頃にもどって釣りをしたいと思うのだが、井伏鱒二はちょうどこの頃に、ほとんど日本中と言ってもいいほど、あちこちの川や海で魚を釣りまくっていたのである。

東京周辺では、三浦半島で鯛をねらい、外房にも行き、水郷では寒鮒をねらった。少し遠くでは、甲州、日光、さらに遠くでは、山形、尾道、最上川、長良川、淡路島——北から南、西から東まで、幾つもの川や海で、井伏鱒二は竿を出しているのである。

毎回、そのつど、ちょうど釣れそうな川や海へ出かけてゆき、その土地の名人に、釣りの案内をしてもらう。

しかし、どうしたことか、これが案外に釣れないことなどが多くて、そこがぼくには意外であった。

やはり、魚は釣れない時には釣れないというのは、いつの時代も同じであるらしい。

「笠置・吉野」の項では、鮎をねらって釣れず、それならハヤだとハヤをねらって釣れず、帰り際に、汽車の乗り替え時間があるからと言って、大和川でやっと小さなハヤを一尾釣りあげる。

一尾でいい。なんとしても釣りたい。釣らねばカッコがつかない。

この気持ち、よくわかります。

ゼロ尾と一尾の間には、無限の開きがあるのだ。

釣れない釣り師はどんどん心がせせこましくなって、そういう時、ぼくなどは小さな魚一尾の重さが、ついには地球の重さと同じくらいになってしまうのだが、さすが文豪井伏鱒二は、そういうはしたなさを筆にあらわさない。

ぼくなどは、たとえ一尾釣っても、もう一尾、もう二尾と、竿を放さないところなのだが、井伏鱒二は、

「こいつ、逃がしてやろうかな。しかし、一ぴき釣ったから、これでもう大和の釣は止しにしときます。どうです、あんたも一ぴき釣りませんか」

同行者に竿を渡してしまうのである。

一尾釣りあげた釣り人は、釣果ゼロ尾の釣り人とは別人なのである。

ところで、井伏鱒二には、鮎のエサ釣りにまつわるひとつのエピソードがある。

鮎と言えば、友釣りや毛（蚊）鉤釣りが一般的だが、エサでも釣れるし、ぼくの住んで

いる小田原や、静岡、四国の幾つかの河川では、そのエサ釣りがいまだにやられている。ぼくの地元の早川では、鮎のエサ釣りでは、シラス（イワシの幼魚）を使う。これをゆでたものをちょんがけにして、鮎を釣るのだ。コマセにするのも同じシラスだ。シラスをひとつまみ、口に含んで嚙んで小さくし、ぷっと吹いて川に落とす。これに鮎が集まってくる。鉤は、小さい。ガンダマのオモリで沈めて、タマ浮子《うき》でアタリをとる。

台風がきて、大雨となり、川が濁って増水したりすると、しばらく友釣りはできなくなる。こういう時が、鮎のエサ釣りのチャンスである。なにしろ、流れの中の細かい砂によって、水中にある岩や石から、我々が〝アカ〟と呼んでいるぬめりがこそぎとられている。このぬめりを鮎は石から歯でこそぎとって食べているわけなのだが、つまり、鮎の食べものが、川からなくなってしまうのである。

知っての通り、鮎は、川で生まれて海へ下り、初夏に川へあがってくる。海にいる間、鮎はプランクトンなどを食べていて、言うなれば肉食である。これが、川へ入って、石に付いたぬめりである珪藻《けいそう》を食べるようになるのだが、しばらく肉食する性質が残っているので、六月頃の鮎は、よく、鮎毛鉤で釣れたりするのである。

大水で、珪藻がなくなると、鮎にこの肉食の性質がもどってくるのである。しかも、大水の出た直後は、川中の鮎が、大岩の陰や、流れのゆるい湾処《わんど》に集まっている。そこへコマセをしてやると、鮎はもう狂ったようになって、はしたないほどに釣れてしまうのである。

この鮎のエサ、小田原ではシラス、静岡ではオキアミ、四国などではノレソレ（アナゴの幼魚）を使うことが知られているが、井伏鱒二は、それよりももっとよいエサがあると、そのエッセイに書いているのである。

それを、本書の「奥日光の釣」にも名前の出てくる福田蘭童が知っているのだが、それを教えてくれない、口を割らないと書いておられるのである。

新潮文庫版の解説を書いた開高健も、このことに言及している。

ある時、開高健が井伏鱒二のところへ遊びに行ったおり、

「蘭童が吐きましたよ」

と、呟《つぶ》やくように、老師井伏鱒二が言ったというのである。

これはもちろん、件の鮎の秘密のエサが何であるかというその答のことなのだが、しかし、井伏鱒二は、開高健にそれを教えてはくれないのである。

そこで、開高健は、鳩居堂へ行き、「錦布で装丁した巻物を買い込み」、それを持って老師井伏鱒二のところへゆき、

「いつでもいいから、気に入れば、毛筆、マジック、ペン、何にてもよろしく、その秘伝を一回それきり、または解説付、これまたどうにでも。ただし、一つだけ。巻物の冒頭にではなくまんなかあたりにどうぞ」

と頼み込んだのである。

つまり、鮎のエサ釣り巻物の秘伝書を作ろうという、開高健のたくらみであったわけですね。

このおしゃれな作戦に、おもしろがった老師がのって、後日、答の書かれた秘伝の巻物が、開高健の手に入るところとなったのである。

ところが——

「巻物をほどいてどんどん繰っていくと、やがて老師の肉筆があらわれ、若干の解説がついて、蘭童の秘儀中の秘儀が書きとめてあった。それを今ここに書くとたちまちあちらこちらの河口でアユが乱獲されることとなるであろうから、いましばらくわが国の釣り師の民度が向上するまでガマンして頂きたいのである」

と、開高健は、これを語らないのである。

「しかし、それは呆《あ》ッ気《け》にとられるくらいまともな物であって、ケレンもハッタリもない。この時期のアユの食性を考えればそれを思いつかないのはかえってフシギだといいたくなるくらいの物であるとだけは申上げておきたい」

と書くだけだ。

開高健は、鮎師と会った時に、これを謎かけして、にやにやしながらそうとう楽しんだようだが、ひとりとしてこれを言いあてたものはないというのである。

それで、開高健は、にやにやしたまま、この世とおさらばして、今は、あちらで、馬をもひきずり込む、モンゴルの巨大タイメンを釣っておられることであろう。

ぼくも、長い間、このことが謎であった。

鮎のエサ釣りをやる人間として、福田蘭童、井伏鱒二、開高健と伝えられてきた秘儀の正体をなんとかして知りたいと思ってきたのである。

しかし、何を思いついても、

「よくわかったね、それが答だよ」

と教えてくれる方は、すでにこの世にいないのである。

と思っていたら、運命はよくできているもので、実は、あるきっかけがあって、ぼくは、今その答を知っているのである。

某出版社の某編集者が、ひそかにこの巻物を見ておられ、それをこのぼくに教えてくれたのである。

それは、

おお、なるほど——

というものであったのだが、その編集者が嘘をついたのでなければ、ぼくはその答を知っていることになる。

本書の解説を書くことが決まってから、文壇釣り秘伝の歴史の荷い手として、このことにはぜひとも触れねばなるまいと思ってここまで書いてきたのだが、いまだに迷っているのは、その答、はたして、ここに書いてしまってもいいものかどうかということなのである。

うーん、

見せるぞ見せるぞと言って、最後まで脱がないというやり方もあるとは思うのだが、けれど、ほどよい時間も過ぎて、そろそろ、その答を書いてもいい時期もきたのではないかと思ってもいるのだが——

ここまで書いてきて、何も書きませんでは反則なので、ヒントをひとつ。

それは——

「ある魚の身です」

とそれだけ書いておこう。

あ、ばれちゃった？

福田蘭童さん、井伏鱒二さん、開高健さん、これでどうぞごかんべんを。

もんくがある場合は、いずれわたしがそちらへ行った時に、釣りで決着をつけましょう。

一八九八年（明治三一年）
二月一五日、広島県深安郡加茂村粟根八九番邸（現・福山市）に、父郁太、母美耶の次男として生まれる。本名、井伏満寿二《いぶしますじ》。井伏家は、屋号を「中ノ土居」といい、一五世紀にまで遡ることのできる旧家で、代々の地主。父は、岡山県後月《しつき》郡西江原村神戸（現・井原市）の大山家の出で、当年二五歳。母は井伏家の長女で、当年二三歳。一家には他に、祖父民左衛門、祖母マツ、叔母忠子、兄文夫、姉センがいた。

一九〇一年（明治三四年）　三歳
一二月、弟圭三生まれる。

一九〇二年（明治三五年）　四歳
三月、叔母忠、死去。このころより、祖父からお伽噺を、祖母からは近隣の村々で起こった飢饉や一揆の昔話を聞かされる。

一九〇三年（明治三六年）　五歳
二月、二歳の弟圭三、急逝。六月、肋膜炎で療養中の父郁太、死去。享年三〇。西江原の興譲館（現・興譲館高等学校）で漢学を学んだ郁太は、「井伏素老」「井伏甃」等と号して諸誌に詩文を発表していたが、子供たちには文学をさせるなとの遺言をしたという。

一九〇五年（明治三八年）　七歳
四月、一年遅れで加茂尋常小学校に入学。

夏、祖父に連れられて兄姉とともに鞆ノ津（現・鞆の浦）の仙酔島に逗留。初めて海を見る。
一九〇七年（明治四〇年）九歳
一〇月、祖母マツ、死去。
一九一〇年（明治四三年）一二歳
登校途中、牛の角に突かれて負傷。ある夜、強盗が来て「戸を開けろ」と脅す騒ぎがあり、初めて聞く東京弁に違和感を覚える。
一九一一年（明治四四年）一三歳
三月、加茂尋常小学校卒業。四月、法成寺村・下加茂村連合高等小学校に入学。二学期より、新設の加茂尋常高等小学校に転校。
一九一二年（明治四五年・大正元年）一四歳
四月、福山中学校（現・県立福山誠之館高等学校）に入学。寄宿舎に入るが、厳しく旧弊な舎則にはなじめなかった。
一九一三年（大正二年）一五歳
近視の度が進む。漠然と画家を志し、日曜ごとに写生に出かけるようになる。
一九一六年（大正五年）一八歳
春、寄宿舎を出て、近郊の親戚の家に寄寓。秋、福山市内の河相氏別荘に移り、卒業するまで母と仮寓する。
一九一七年（大正六年）一九歳
一月、『大阪毎日新聞』に「伊澤蘭軒」を連載中の森鷗外宛に、朽木三助の仮名で蘭軒の史実に関する反駁文を書き送り、返信を得る。三月、朽木三助は急逝したとの第二便を実名で出し、鄭重な返書を得る。同月、福山中学校を卒業。五月〜六月、関西へ写生旅行。京都で橋本関雪に入門を請うが謝絶され、兄の勧めで文学に志望を変える。九月、早稲田大学高等予科第一学年に編入学。
一九一八年（大正七年）二〇歳
秋、同郷の友人に連れられて岩野泡鳴を訪問、一元描写の話を聞く。この年、木曾福島を旅し、以降、徹底した旅行好きとなる。

一九一九年（大正八年）二一歳
四月、早稲田大学文学部文学科仏蘭西文学専攻第一学年に進学。級友の青木南八を知る。夏休み中、「幽閉」（「山椒魚」の原型）など七編の習作を送って親交を深める。一〇月より約一年半、講師辰野隆の講義を受ける。

一九二〇年（大正九年）二二歳
四月、新大学令施行により、文学部文学科仏蘭西文学専攻別格第一学年となる。秋頃より、谷崎精二宅へ一週間おきに通い、短編の原稿を見てもらうようになる。三年ほど続けた。

一九二一年（大正一〇年）二三歳
三月、辰野隆のフランス留学送別会に青木南八と出席。四月、日本美術学校別格科にも入学。一〇月、露西亜文学専攻の片上伸教授との間に軋轢が生じ、休学して帰郷。その後、瀬戸内の因島に行き、土井医院宅に半年近く逗留する。

一九二二年（大正一一年）二四歳
三月、因島より上京。復学の手続きをするが、片上教授の反対にあって断念し、五月に退学。日本美術学校も退学。加えて、青木南八の死に遭う。

一九二三年（大正一二年）二五歳
七月、同人雑誌『世紀』創刊号に「幽閉」を発表。九月、関東大震災に遭い、中央本線利用で一旦帰郷。一〇月に上京。友人の紹介で田中貢太郎を訪ね、以後、師事する。

一九二四年（大正一三年）二六歳
五月、「夜更と梅の花」を『人類』第三巻第一号に発表。九月、ヘルマン・ズーデルマン作《*Der Katzensteg*》（「猫橋」）を翻訳し、『父の罪』の題で聚芳閣より刊行。初の単行本。一一月、聚芳閣に編集記者として入社。田中貢太郎より、中国故事熟語の由来を調査する仕事を与えられ、原稿料の形で生活費を支給された。

一九二五年（大正一四年）二七歳
四月、聚芳閣を退社し帰郷。一ヵ月後に上京。六月、「つくだにの小魚」を『鉄槌』に発表。
一九二六年（大正一五年・昭和元年）二八歳
一月、再び聚芳閣に勤務。旧『世紀』同人と『陣痛時代』を創刊し、「寒山拾得」を発表。二月、担当した『日本幽囚実記』（ガローウニン著）の奥付を欠いたまま出版し、恥じて五月、聚芳閣を退社。八月、『鷲の巣』同人となり、「岬の風景」を発表。九月、「鯉（随筆）」を田中貢太郎主宰の随筆誌『桂月』に発表。田中の紹介で佐藤春夫を訪ね、以降師事する。
一九二七年（昭和二年）二九歳
二月、「歪なる図案」を『不同調』に発表。初めて小説で原稿料を貰う。三月、祖父民左衛門、死去。九月、東京府豊多摩郡井荻村字下井草一八一〇番地（現・東京都杉並区）に新居を構え、一〇月、田中貢太郎の媒酌により秋元節代と結婚。秋、同人たちが左傾したため、ひとり『陣痛時代』を脱退する。
一九二八年（昭和三年）三〇歳
二月、「鯉」（「鯉（随筆）」の改作）を『三田文学』に発表。三月、『文芸都市』第二号より同人となり、「夜更と梅の花」を発表。九月、弘前高校の津島修治（太宰治）等の同人雑誌『細胞文芸』に「薬局室挿話」を寄稿。一一月、詩「粗吟断章」を『三田文学』に発表。この年、佐藤春夫の紹介により、インドの亡命客サバルワルの翻訳作業を助成。三種の邦訳短編が発表される。
一九二九年（昭和四年）三一歳
一月〜四月、「谷間」を『文芸都市』に連載。三月、「朽助のゐる谷間」を『創作月刊』に、五月、「山椒魚―童話」（「幽閉」の改作）を『文芸都市』に、八月、「なつかしき現実」と「炭鉱地帯病院―その訪問記」を

『文芸都市』に、一一月、「屋根の上のサワン」を『文学』に、「シグレ島叙景」を『文芸春秋』に、それぞれ発表。この年、ほぼ文壇的地歩を築いた感がある。この頃、中央線沿線の文学者たちによる阿佐ヶ谷将棋会(のち阿佐ヶ谷会)が発足。戦時中を除き、一九七二年一一月頃まで続いた。

一九三〇年(昭和五年)　三二歳

二月、「休憩時間」を『新青年』に発表。三月、「逃げて行く記録」(「さざなみ軍記」冒頭部)を『文学』に発表。同月、長男圭介誕生。四月、処女作品集『夜ふけと梅の花』〈新興芸術派叢書〉を新潮社より刊行。同月、新興芸術派倶楽部創立総会に出席。五月、同人雑誌『作品』に参加。太宰治が作品社を訪れ、以降、師事される。七月、第二作品集『なつかしき現実』〈新鋭文学叢書〉を改造社より刊行。

一九三一年(昭和六年)　三三歳

二月、「丹下氏邸」を『改造』に発表。四月一七日～六月一〇日、初の新聞小説「仕事部屋」を『都新聞』に連載。四月下旬、林芙美子の誘いで尾道を訪れ、講演。因島に寄り、かつて寄宿した土井医院の長男の墓参を果たす。七月、「森鷗外氏に詫びる件」を『東京朝日新聞』に発表。八月、『仕事部屋』を春陽堂より刊行。九月、「川沿ひの実写風景」(「川」の一部)を『文芸春秋』に発表。こうした分載による中・長編の発表形態が井伏固有の方式となる。

一九三二年(昭和七年)　三四歳

五月、室生犀星等と徳田秋声を訪ね、「秋声会」の発足に参加。一〇月、『川』を江川書房より刊行。一二月、長女比奈子誕生。

一九三三年(昭和八年)　三五歳

二月、猩紅熱の疑いで巣鴨の病院に一ヵ月間入院。五月、『随筆』を椎の木社より刊行。

一九三四年(昭和九年)　三六歳

三月、「青ヶ島大概記」を『中央公論』に発表。四月、『逃亡記』〈文芸復興叢書〉を改造社より、五月、『田園記』を作品社より刊行。八月、田中貢太郎主宰の同人雑誌『博浪沙』に参加。

一九三五年（昭和一〇年）三七歳

一月、『頓生菩提』を竹村書房より刊行。三月、「中島健蔵に」を『作品』に発表。四月、次男大助誕生。五月、「集金旅行第一日」（「集金旅行」の一部）を『文芸春秋』に発表。一〇月、尾道に行き、志賀直哉の旧居を訪ねる。一二月、「オロシヤ船」を『新潮』に発表。

一九三六年（昭和一一年）三八歳

二月、二・二六事件で襲撃された教育総監渡辺錠太郎邸が近かったため、銃声を床の中で聞く。同月、詩誌『四季』に参加。四月、『肩車』を野田書房より刊行。五月～一二月、「自叙伝」（のち「雞肋集」）を『早稲田文学』に連載。八月、『静夜思』を三笠書房より、一一月、『雞肋集』を竹村書房より刊行。

一九三七年（昭和一二年）三九歳

四月、『集金旅行』を版画荘より、五月、『厄除け詩集』を野田書房より、九月、『山川草木』を雄風館書房より、それぞれ刊行。一一月、「『槌ツア』と『九郎治ツアン』は喧嘩して私は用語について煩悶すること」を『若草』に発表。同月、『ジョン万次郎漂流記――風来漂民奇譚』を河出書房より刊行。

一九三八年（昭和一三年）四〇歳

二月、前年刊行の『ジョン万次郎漂流記』等により、第六回直木賞を受賞。四月、『さざなみ軍記』を河出書房より刊行。初の自装本。七月、山梨県富士川にて、佐藤垢石から鮎の友釣りの手ほどきを受ける。九月、同人雑誌『文学界』に参加。一〇月、『陋巷の唄』〈新小説選集11〉を春陽堂書店より刊行。
一九三九年（昭和一四年）四一歳
一月、井伏夫妻が媒酌人となり、井伏宅にて太宰治と石原美知子との結婚式を挙げる。三月、『禁札』を竹村書房より、七月、『多甚古村』を河出書房より、九月、『蛍合戦』を金星堂より、一〇月、『川と谷間』を創元社より、『オロシヤ船』を金星堂より、それぞれ刊行。この頃、明治学院高等部の小沼丹が訪れ、爾来師事される。
一九四〇年（昭和一五年）四二歳
一月、「多甚古村」が映画化され、上映される。二月、田中貢太郎の病気見舞いに高知へ行く。同月、『丹下氏邸』を新潮社より刊行。四月、「へんろう宿」を『オール読物』に発表。五月、『鸚鵡』を河出書房より、六月、『風俗』をモダン日本社より刊行。七月、鮎釣りで谷津温泉に投宿中、亀井勝一郎、太宰夫妻と共に河津川の洪水に遭う。九月、『一路平安』を今日の問題社より刊行。
一九四一年（昭和一六年）四三歳
一月、『ドリトル先生「アフリカ行き」』を白林少年館出版部より刊行。二月、田中貢太郎が死去したため、高知へ行く。三月、『シグレ島叙景』を実業之日本社より刊行。三月〜翌年二月、『井伏鱒二随筆全集』全三巻を春陽堂書店より、六月、『おこまさん』を輝文館より刊行。一一月、陸軍に徴用され、マレー派遣組に入れられる。一二月、輸送船アフリカ丸で出港。航行中に太平洋戦争勃発を知る。
一九四二年（昭和一七年）四四歳
二月、宣伝要員として陥落翌日のシンガポールに入る。初め英字新聞《*THE SYONAN TIMES*》（「昭南タイムス」）の発行に責任者として携わり、のち昭南日本学園に勤務。八月、兄文夫急逝（二月）の報に接する。八月一七日〜一〇月七日、「花の街」（のち「花の町』)を『東京日日新聞』『大阪毎日新聞』に連載。九月、『詩集 仲秋明月』を地平社より刊行。一一月、徴用解除となり、帰国。

一九四三年(昭和一八年) 四五歳
五月、情報局の命により、信州方面に講演旅行。七月、第一七回より直木賞選考委員となり、第三八回(昭和三二年度下半期)まで務める。一一月、三男昇三誕生。一二月、『花の町』を文芸春秋社より刊行。

一九四四年(昭和一九年) 四六歳
二月、文学報国会の派遣で、島根県内の出征軍人留守家族と傷痍軍人を訪ね、現地報告を書く。五月、山梨県西山梨郡甲運村に疎開。

一九四五年(昭和二〇年) 四七歳
七月、甲府が空襲を受け、郷里の加茂村へ再疎開。八月七日、広島の新型爆弾投下を知る。

一九四六年(昭和二一年) 四八歳
三月、『雨の歌』を飛鳥書店より刊行。四月、「二つの話」を『展望』に、五月、「波高島」(「侘助」の前半)を『改造』に、六月、「侘助」(「侘助」の後半)を『人間』に、九月、「追剝の話」を『素直』に、それぞれ発表。一〇月、『まげもの』を鎌倉文庫より、一二月、『侘助』を鎌倉文庫より、『風貌姿勢』を三島書房より、それぞれ刊行。

一九四七年(昭和二二年) 四九歳
二月、『夏の狐』を三島書房より刊行。三月、倉敷の藤原審爾宅を訪問し、倉敷美術館を見る。四月、『追剝の話』を昭森社より刊行。七月、疎開生活を切りあげ、東京の自宅に帰る。

一九四八年(昭和二三年) 五〇歳
三月〜翌年九月、『井伏鱒二選集』全九巻を筑摩書房より刊行。六月、入水自殺した太宰治の告別式に葬儀副委員長として列席。

一九四九年(昭和二四年) 五一歳
一月、志賀直哉を熱海大洞台に訪ねる。六

月、三鷹禅林寺での「桜桃忌」に列席。九月、『試験監督』を文芸春秋新社より刊行。

一九五〇年（昭和二五年）五二歳

二月、「遥拝隊長」を『展望』に発表。三月、永井龍男の横光賞受賞祝賀会に出席。五月、「本日休診」等により、第一回読売文学賞を受賞。六月、『本日休診』を文芸春秋新社より、九月、『掘り出しもの』を創元社より刊行。一二月、谷崎精二還暦祝賀会に出席。

一九五一年（昭和二六年）五三歳

四月、『遥拝隊長』を改造社より、一二月、『かきつばた』を池田書店より刊行。

一九五二年（昭和二七年）五四歳

一月、『厄除け詩集』を木馬社より、『吉凶うらなひ』を文芸春秋新社より刊行。四月、講演で北九州へ行き、帰途、河上徹太郎、三好達治と山口県西北部に遊ぶ。六月、『川釣り』を岩波書店より、九月、『乗合自動車』を筑摩書房より刊行。秋、那須湯本、石巻、平泉等を旅行し、「『奥の細道』の一週間」として『別冊文芸春秋』に発表。

一九五三年（昭和二八年）五五歳

三月～九月、『井伏鱒二作品集』全六巻（五巻で中絶）を創元社より刊行。六月、堀辰雄の告別式に参列。七月四日～一一月一六日、「かるさん屋敷」を『毎日新聞』〈夕刊〉に連載。九月、『点滴』を要書房より刊行。一〇月、御坂峠に建った太宰治文学碑の除幕式に出席。

一九五四年（昭和二九年）五六歳

四月～翌年一二月、「漂民宇三郎」を『群像』に連載。一二月、『黒い壺』を新潮社より刊行。

一九五五年（昭和三〇年）五七歳

二月、『なながまど』を新潮社より、六月、『在所言葉』を修道社より刊行。三浦哲郎が小沼丹に伴われ、初めて井伏宅を訪問。爾来、井伏に師事する。八月、『片棒かつぎ』を河出書房より刊行。一一月、第一回新潮社同人雑誌賞の選考委員となり、第一四回（昭和四三年）まで務める。一二月、『白鳥の歌』を筑摩書房より刊行。

一九五六年（昭和三一年）　五八歳

春から翌春にかけて、篠山街道、久慈街道、近江路等を旅し、のち『七つの街道』（五七年、文芸春秋新社）にまとめる。五月、『漂民宇三郎』（大日本雄弁会講談社）その他により、第一二回（昭和三〇年度）日本芸術院賞を受賞。九月～翌年九月、「駅前旅館」を『新潮』に連載。

一九五七年（昭和三二年）　五九歳

六月、『還暦の鯉』を新潮社より、一一月、『駅前旅館』を新潮社より刊行。一二月、盲腸炎のため荻窪病院に入院。手術中に年を越す。

一九五八年（昭和三三年）　六〇歳

一月、新本燦根画塾に通い始め、六年間精励する。春から翌春にかけて、外房総、甲州等を釣旅行し、のち『釣師・釣場』（六〇年、新潮社）にまとめる。七月、第三九回より芥川賞選考委員となり、第五四回（昭和四〇年度下半期）まで務める。一〇月、新本画塾の「かるきす油彩展」に、初めての油絵「さかな」を出品。一一月、『河鹿』を筑摩書房より刊行。

一九五九年（昭和三四年）　六一歳

四月～七月、自宅改築（旧居は千葉県の知人宅に移築、復元される）。この年から翌年にかけて、土佐、瀬戸内等を旅し、のち『取材旅行』（六一年、新潮社）にまとめる。一〇月、『珍品堂主人』を中央公論社より、『木靴《サボ》の山』を筑摩書房より刊行。

一九六〇年（昭和三五年）　六二歳

三月、日本芸術院会員となる。

一九六一年（昭和三六年）　六三歳

二月、『昨日の会』を新潮社より刊行。九月～翌年七月、『ドリトル先生物語全集』全一二巻（ロフティング原作、井伏鱒二訳）を岩波書店より刊行。八月～翌年七月、「武州鉢形城」を『新潮』に連載。九月、「無心状」を『小説新潮』に発表。

一九六二年（昭和三七年）　六四歳
春と秋に甲州を旅する会「幸富講」が発足。一九九一年まで続く。一〇月、「故篠原陸軍中尉―『寄生木』のダイジェスト篇」を『新潮』に発表。

一九六三年（昭和三八年）　六五歳
三月、『武州鉢形城』を新潮社より刊行。一〇月、甲府市の飯田蛇笏文学碑除幕式に出席。一二月、『無心状』を新潮社より刊行。

一九六四年（昭和三九年）　六六歳
この年より、夏を長野県富士見町富士見で過ごす。九月～翌年八月、『井伏鱒二全集』全一二巻を筑摩書房より刊行（七五年に二巻増補）。

一九六五年（昭和四〇年）　六七歳
一月～翌年九月、「姪の結婚」（八月より「黒い雨」と改題）を『新潮』に連載。六月、第一回太宰治賞の選考委員となり、第一四回（昭和五三年）まで務める。

一九六六年（昭和四一年）　六八歳
一〇月、『場面の効果』を大和書房より、『黒い雨』を新潮社より刊行。一一月、第二六回文化勲章を受章。一二月、「黒い雨」により、第一九回野間文芸賞を受賞。

一九六七年（昭和四二年）　六九歳
一月、「鷗外の手紙」を『新潮』に発表。三月、母美耶が九一歳で死去。

一九六九年（昭和四四年）　七一歳
六月、《*Black Rain*》（ジョン・ベスター訳）を講談社インターナショナルより刊行。

一九七〇年（昭和四五年）　七二歳
四月～六月、「釣宿」を『新潮』に連載。この年より、夏を長野県富士見町高森で過ごす。六月、『釣人』を新潮社より刊行。一一月一日～一二月二日、「私の履歴書」（のち「半生記―私の履歴書―」）を『日本経済新聞』に連載。

一九七一年（昭和四六年）七三歳
九月、『早稲田の森』を新潮社より刊行。

一九七二年（昭和四七年）七四歳
二月、前年刊行の『早稲田の森』により、第二三回読売文学賞（随筆・紀行賞）を受賞。五月、『人と人影』を毎日新聞社より刊行。一一月、最後の阿佐ヶ谷会に出席。

一九七三年（昭和四八年）七五歳
五月、酒田市の佐藤三郎宅にて上田秋成の原稿の断簡を閲覧。九月、「「雨月物語」明治翻刻本―佐藤古夢のこと」を『新潮』に発表。

一九七四年（昭和四九年）七六歳
七月、『小黒坂の猪』を筑摩書房より、九月、『天井裏の隠匿物』を槐書房より刊行。

一九七五年（昭和五〇年）七七歳
二月、福山市名誉市民となる。

一九七六年（昭和五一年）七八歳
一月～七月と一〇月～翌年一月、「新倉掘貫」（のち「岳麓点描」と改題）を『海』に連載。三月、牧野信一の文学碑除幕式に出席。碑文は井伏の撰。

一九七七年（昭和五二年）七九歳
三月、『スガレ追ひ』を筑摩書房より刊行。四月、永井龍男と瀬戸内海六口島で釣りの旅をする。九月～八〇年一月、「徴用中のこと」を『海』に連載。

一九七八年（昭和五三年）八〇歳
一月～五月、「野生の鴨―兼行寺の池」を『新潮』に連載。

一九七九年（昭和五四年）八一歳
一二月、「海揚り」を『新潮』に発表。

一九八一年（昭和五六年）八三歳
二月～翌年六月、「豊多摩郡井荻村」（のち

「荻窪風土記」と改題）を『新潮』に連載。一〇月、『海揚り』を新潮社より刊行。一二月、「核戦争の危機を訴える文学者の声明」の呼びかけ人の一人となる。
一九八二年（昭和五七年）八四歳
一月～九月、「神屋宗湛の残した日記」を『海燕』に連載。一一月～翌年二月、メニエール病療養のため山梨県石和温泉に逗留。一一月、『荻窪風土記』を新潮社より刊行。
一九八三年（昭和五八年）八五歳
五月、山梨県の清春白樺美術館を訪れる。一九九〇年までほぼ続けた。七月～翌年四月と、八五年四月～八月、「鞆ノ津日記」（のち「鞆ノ津茶会記」と改題）を『海燕』に断続して連載。一〇月、NHK総合テレビで「NHK特集・井伏鱒二の世界」を、一一月、教育テレビで「人生飄々—井伏鱒二大いに語る」を放映。
一九八四年（昭和五九年）八六歳
七月、旧友黄瀛の来日を歓迎する会に出席。一〇月、「同人雑誌の頃」を『新潮』〈追悼・今日出海〉に発表。一二月、右眼白内障を手術。
一九八五年（昭和六〇年）八七歳
三月、第一回早稲田大学芸術功労者賞を受け、三月二五日と四月一日～五日、同賞記念の「井伏鱒二展」が早大演劇博物館にて開催される。一〇月～翌年一〇月、『井伏鱒二自選全集』全一二巻、補巻一を新潮社より刊行。一一月一一日～一六日、「早稲田大学芸術功労者賞記念　井伏鱒二・小沼丹・三浦哲郎展」が丸善日本橋店にて開催される。
一九八六年（昭和六一年）八八歳
三月、『鞆ノ津茶会記』を福武書店より、四月、『岳麓点描』を弥生書房より刊行。
一九八七年（昭和六二年）八九歳
五月、次男秋元大助、死去。一〇月、左眼白内障を手術。

一九八八年（昭和六三年）　九〇歳
四月、『トートーという犬―童話と詩』を牧羊社より刊行。一〇月、姉セン（嫁して中原松子）が九二歳で死去。

一九八九年（昭和六四年・平成元年）　九一歳
五月二日〜三一日、「阿佐ヶ谷界隈の文士展―井伏鱒二と素晴らしき仲間たち」が杉並区立郷土博物館にて開催される。同月、映画「黒い雨」（監督・今村昌平）が完成。九月、新宿で鑑賞する。七月、広島県名誉県民となる。一一月、『太宰治』を筑摩書房より刊行。

一九九〇年（平成二年）　九二歳
二月、『二人の話』（もと「二つの話」）を成瀬書房より刊行。四月、「三浦哲郎さんを祝う会」に出席。一〇月、東京都名誉都民となる。

一九九一年（平成三年）　九三歳
四月、『文士の風貌』を福武書店より刊行。

一九九二年（平成四年）　九四歳
五月、『たらちね』を筑摩書房より刊行。

一九九三年（平成五年）　九五歳
四月、『井伏鱒二対談集』を新潮社より刊行。六月二四日、東京衛生病院に入院。七月一〇日午前一一時四〇分、肺炎のため永眠。

（寺横武夫 編）

著書目録

井伏鱒二

【単行本】

夜ふけと梅の花（新興芸術派叢書）　昭5・4　新潮社
なつかしき現実（新鋭文学叢書）　昭5・7　改造社
仕事部屋　昭6・8　春陽堂
川　昭7・10　江川書房
随筆　昭8・5　椎の木社
逃亡記（文芸復興叢書）　昭9・4　改造社
田園記　昭9・5　作品社
頓生菩提　昭10・1　竹村書房
肩車　昭11・4　野田書房
静夜思　昭11・8　三笠書房
雞肋集　昭11・11　竹村書房
集金旅行　昭12・4　版画荘
厄除け詩集（コルボオ叢書7）　昭12・5　野田書房
山川草木　昭12・9　雄風館書房
ジョン万次郎漂流記―風来漂民奇譚―（記録文学叢書8）　昭12・11　河出書房
火木土　昭13・1　版画荘
さざなみ軍記（版画荘文庫29）　昭13・4　河出書房
陋巷の唄（新小説選集11）　昭13・10　春陽堂書店
禁札　昭14・3　竹村書房

多甚古村　昭14・7　河出書房
蛍合戦（新選随筆感想叢書）　昭14・9　金星堂
川と谷間（創元選書31）　昭14・10　創元社
オロシヤ船（新選名作叢書）　昭14・10　金星堂
丹下氏邸（昭和名作選集11）　昭15・2　新潮社
鸚鵡　昭15・5　河出書房
風俗　昭15・6　モダン日本社
一路平安　昭15・9　今日の問題社
さざなみ軍記　附　ジヨン万次郎漂流記　昭16・1　河出書房
シグレ島叙景　昭16・3　実業之日本社
おこまさん　昭16・6　輝文館
一路平安（有光名作選集14）　昭17・2　有光社
仲秋明月　昭17・9　地平社
星空　昭17・11　昭南書房
花の町　昭18・12　文芸春秋社
御神火　昭19・3　甲鳥書林
丹下氏邸　昭20・10　新潮社
雨の歌　昭21・3　飛鳥書店
オロシヤ船　昭21・7　新星社
雞肋集　昭21・7　鷺ノ宮書房
まげもの（現代文学選20）　昭21・10　鎌倉文庫
多甚古村　昭21・11　札幌青磁社
侘助　昭21・12　鎌倉文庫
風貌姿勢　昭21・12　三島書房
仲秋明月（手帖文庫第二部16）　昭22・2　地平社
夏の狐　昭22・2　三島書房
ジヨン万次郎漂流記　昭22・4　文学界社
追剝の話（現代作家選4）　昭22・4　昭森社
引越やつれ　昭23・5　六興出版部
詩と随筆　昭23・5　河出書房
貸間あり　昭23・8　鎌倉文庫

山峡風物誌　昭23・12　陽明社
（人間愛選集1）
シビレ池のかも　昭23・12　小山書店
（梟文庫10）
かんざし　昭24・2　近代出版社
試験監督　昭24・9　文芸春秋新社
本日休診　昭25・6　文芸春秋新社
井伏鱒二集　昭25・6　新潮社
掘り出しもの　昭25・9　創元社
遥拝隊長　昭26・4　改造社
かきつばた　昭26・12　池田書店
厄除け詩集　昭27・1　木馬社
吉凶うらなひ　昭27・1　文芸春秋新社
川釣り（岩波新書）　昭27・6　岩波書店
乗合自動車　昭27・9　筑摩書房
本日休診・集金旅行　昭27・11　筑摩書房
（現代日本名作選）
随筆集　点滴　昭28・9　要書房
黒い壺　昭29・12　新潮社
（昭和名作選6）
ななかまど　昭30・2　新潮社
在所言葉　昭30・6　修道社
片棒かつぎ　昭30・8　河出書房
（河出新書）
白鳥の歌　昭30・12　筑摩書房
源太が手紙　昭31・1　筑摩書房
漂民宇三郎　昭31・4　大日本雄弁会
講談社
還暦の鯉　昭32・6　新潮社
しびれ池のカモ　昭32・10　岩波書店
（岩波少年文庫149）
漂民宇三郎　昭32・10　大日本雄弁会
（ミリオン・ブックス）　講談社
駅前旅館　昭32・11　新潮社
七つの街道　昭32・11　文芸春秋新社
河鹿　昭33・11　筑摩書房
珍品堂主人　昭34・10　中央公論社
木靴の山　昭34・10　筑摩書房
釣師・釣場　昭35・2　新潮社
昨日の会　昭36・2　新潮社

厄よけ詩集　昭36・3　国文社
引越やつれ（角川小説新書）　昭36・6　角川書店
珍品堂主人　昭36・7　中央公論社
取材旅行　昭36・9　新潮社
武州鉢形城　昭38・3　新潮社
無心状　昭38・12　新潮社
くるみが丘　昭41・3　文芸春秋
場面の効果　昭41・10　大和書房
黒い雨　昭41・10　新潮社
風貌・姿勢（名著シリーズ）　昭42・10　講談社
さざなみ軍記　他二編（新学社文庫16）　昭43・10　新学社
定本　佗助　昭45・2　青娥書房
釣人　昭45・6　新潮社
定本　屋根の上のサワン　昭46・5　牧羊社
早稲田の森　昭46・9　新潮社
人と人影　昭47・5　毎日新聞社
さざなみ軍記（現代日本のエッセイ）　昭47・12　ほるぷ出版
小黒坂の猪　昭49・7　筑摩書房
天井裏の隠匿物　昭49・9　槐書房
井伏鱒二の自選作品（現代十人の作家4）　昭51・6　二見書房
山椒魚　昭51・9　成瀬書房
スガレ追ひ　昭52・3　筑摩書房
厄除け詩集　昭52・7　筑摩書房
井伏鱒二自選集　昭53・11　集英社
さざなみ軍記　昭55・4　作品社
海揚り　昭56・10　新潮社
荻窪風土記　昭57・11　新潮社
さざなみ軍記（文芸選書）　昭58・1　福武書店
遥拝隊長・本日休診（大活字本シリーズ）　昭58・4　埼玉福祉会
定本　夜ふけと梅の花　昭59・9　永田書房
焼物雑記　昭60・1　文化出版局
鞆ノ津茶会記　昭61・3　福武書店

岳麓点描　昭61・4　弥生書房
トートーという犬―童話と詩（白根美代子絵）　昭63・4　牧羊社
太宰治　平元・11　筑摩書房
二人の話　平2・2　成瀬書房
定本　七つの街道　平2・2　永田書房
定本　厄除け詩集　平2・5　牧羊社
文士の風貌　平3・4　福武書店
たらちね　平4・5　筑摩書房
山椒魚―松田正平・山椒魚幻想画譜セット　平4・6　牧羊社
井伏鱒二対談集　平5・4　新潮社
神屋宗湛の残した日記　平7・6　講談社
徴用中のこと　平8・7　講談社
文人の流儀（ランティエ叢書4）　平9・9　角川春樹事務所
山椒魚（大活字本シリーズ）　平11・5　埼玉福祉会
かるさん屋敷　平11・10　毎日新聞社
山椒魚　しびれ池のカモ（岩波少年文庫535）　平12・11　岩波書店
黒い雨（大活字本シリーズ）　平13・11　埼玉福祉会
井伏鱒二画集　平14・3　筑摩書房
珍品堂主人（大活字本シリーズ）　平16・5　埼玉福祉会
厄除け詩集　平18・3　日本図書センター
多甚古村（大活字本シリーズ）　平20・11　埼玉福祉会
画本・厄除け詩集（金井田英津子画）　平20・12　パロル舎

＊

井伏鱒二全対談　上巻　平13・3　筑摩書房
井伏鱒二全対談　下巻　平13・4　筑摩書房

【全集・選集】

井伏鱒二随筆全集（全3巻）　昭16・3〜17・2　春陽堂書店
井伏鱒二選集（全9巻）　昭23・3〜24・9　筑摩書房
井伏鱒二作品集（全6巻、ただし5巻まで中断）　昭28・3〜9　創元社
井伏鱒二全集（全12巻）　昭39・9〜40・8　筑摩書房
井伏鱒二全集（全14巻・増補版）　昭49・3〜50・7　筑摩書房
井伏鱒二自選全集（全12巻、補巻1）　昭60・10〜61・10　新潮社
井伏鱒二全集（全28巻、別巻2）　平8・11〜12・3　筑摩書房

【文学全集等の編集本】

新日本文学全集10　昭17・9　改造社
現代長篇小説全集15　昭25・6　春陽堂
現代日本随筆選1　昭28・7　筑摩書房
長篇小説全集15　昭28・9　新潮社
現代日本文学全集41　昭28・12　筑摩書房
昭和文学全集36　昭29・5　角川書店
現代随想全集22　昭29・5　創元社
少年少女のための現代日本文学全集18　昭31・2　東西文明社
名作歴史文学選集13　昭31・5　彰考書院

少年少女日本文学選集18　昭31・9　あかね書房
中学生文学全集24　昭32・5　新紀元社
新選現代日本文学全集1　昭33・11　筑摩書房
日本文学全集32　昭35・5　新潮社
少年少女日本文学名作全集23　昭35・9　東西五月社
日本現代文学全集75　昭37・2　講談社
サファイア版昭和文学全集16　昭37・7　角川書店
少年少女現代日本文学全集36　昭39・11　偕成社
ジュニア版日本文学名作選16　昭40・5　偕成社
現代の文学6　昭40・10　河出書房新社
現代文学大系43　昭41・3　筑摩書房
日本の文学53　昭41・11　中央公論社
少年少女日本の文学11　昭42・1　あかね書房
日本文学全集41　昭42・5　集英社
日本文学全集19　昭42・6　河出書房新社
現代日本文学館29　昭42・11　文芸春秋
日本短篇文学全集36　昭43・3　筑摩書房
カラー版日本文学全集23　昭44・4　河出書房新社
新潮日本文学17　昭45・1　新潮社
グリーン版日本文学全集24　昭45・4　河出書房新社

あかつき名作館 日本文学シリーズ10　昭45・6　暁教育図書
現代日本文学大系65　昭45・8　筑摩書房
現代日本の文学21　昭45・9　学習研究社
ジュニア版日本の文学48　昭50・10　集英社
ジュニア版日本の文学16　昭51・1　金の星社
新潮現代文学2　昭54・6　新潮社
現代の随想17　昭57・7　弥生書房
日本の文学56　昭59・8　ほるぷ出版
少年少女日本文学館12　昭61・7　講談社
昭和文学全集10　昭62・4　小学館
作家の自伝94　平11・4　日本図書センター

【翻訳・口語訳】

父の罪　大13・9　聚芳閣
ドリトル先生「アフリカ行き」　昭16・1　白林少年館出版部
ドリトル先生アフリカ行　昭16・12　フタバ書院
ドリトル先生『アフリカ行き』　昭21・4　光文社
ドリトル先生アフリカゆき（岩波少年文庫12）　昭26・6　岩波書店
ドリトル先生のサーカス（岩波少年文庫25）　昭27・1　岩波書店
ドリトル先生航海記　昭27・2　大日本雄弁会

（世界名作全集24）　講談社
ドリトル先生の郵便局（岩波少年文庫35）　昭27・6　岩波書店
ドリトル先生のキャラバン（岩波少年文庫60）　昭28・6　岩波書店
ドリトル先生月へ行く（岩波少年文庫107）　昭30・12　岩波書店
ドリトル先生航海記（岩波少年文庫194）　昭35・9　岩波書店
ドリトル先生物語全集（全12巻）　昭36・9〜37・7　岩波書店
少年少女世界文学全集16（アメリカ篇6）　昭37・2　講談社
ドリトル先生の動物園（岩波少年文庫1025）　昭54・2　岩波書店
ドリトル先生と月からの使い（岩波少年文庫1027）　昭54・9　岩波書店
ドリトル先生月へゆく（岩波少年文庫1028）　昭54・9　岩波書店
ドリトル先生月から帰る（岩波少年文庫1029）　昭54・9　岩波書店
ドリトル先生と秘密の湖・上（岩波少年文庫1030）　昭54・10　岩波書店
ドリトル先生と秘密の湖・下（岩波少年文庫1031）　昭54・10　岩波書店
ドリトル先生と緑のカナリア（岩波少年文庫1032）　昭54・10　岩波書店
ドリトル先生の楽しい家（岩波少年文庫1033）　昭54・10　岩波書店
ドリトル先生航海記（岩波世界児童文学集3）　平6・1　岩波書店

＊

平家物語（日本国民文学全集9、中山義秀共訳）　昭33・5　河出書房新社
保元物語　平治物語　昭35・12　河出書房新社
平家物語（日本文学全集7、中山義秀共訳）
平家物語（国民の文学10、中山義秀共訳）　昭38・11　河出書房新社
平家物語（カラー版日本文学全集5、中山義秀共訳）　昭42・11　河出書房新社
保元物語　平治物語　昭49・12　河出書房新社
義経記（日本の古典14、高木卓共訳）

【文庫】

駅前旅館（解＝河上徹太郎）　昭35・12　新潮文庫
山椒魚（人＝河盛好蔵　解＝亀井勝一郎）　昭42・6　新潮文庫
山椒魚・遥拝隊長（解＝河上徹太郎）　昭44・12　岩波文庫
珍品堂主人（解＝中村明）　昭52・7　中公文庫
黒い雨（人＝河盛好蔵　解＝河上徹太郎）　昭60・6　新潮文庫
さざなみ軍記・ジョン万次郎漂流記（解＝河盛好蔵）　昭61・9　新潮文庫
荻窪風土記（解＝河盛好蔵）　昭62・4　新潮文庫
川釣り（解＝飯田龍太）　平2・9　岩波文庫
還暦の鯉（人＝庄野潤三　年＝松本武夫　著）　平4・10　文芸文庫
厄除け詩集（人＝河盛好蔵　年＝松本武夫　平6・4　文芸文庫

著）
夜ふけと梅の花・山椒魚（解＝秋山駿　年＝松本武夫　著　参）　平9・11　文芸文庫
多甚古村　山椒魚　平12・6　小学館文庫
井伏鱒二全詩集（解＝立松和平）　平16・7　岩波文庫
徴用中のこと（解＝東郷克美、穂村弘）　平17・8　中公文庫
神屋宗湛の残した日記（解＝加藤典洋　年＝寺横武夫）　平22・2　文芸文庫
鞆ノ津茶会記（解＝加藤典洋　年＝寺横武夫）　平23・12　文芸文庫

＊「著書目録」には原則として編著、アンソロジー本等は入れなかった。／【文庫】は本書初版刷刊行日現在の各社最新版「解説目録」に掲載されているものに限った。（　）内の略号は、解＝解説、人＝人と作品、年＝年譜、著＝著書目録、参＝参考文献を示す。

（作成・東郷克美）

本書は、一九九七年一二月新潮文庫版『釣師・釣場』を底本としました。本文中明らかな誤記、誤植と思われる箇所は正しましたが、原則として底本に従いました。なお、底本にある表現で、今日から見れば不適切と思われるものがありますが、作品が書かれた時代背景と作品価値を考え、著者（故人）が差別助長の意図で使用していないことなどから、そのままにしました。よろしくご理解のほどお願いいたします。

釣師《つりし》・釣場《つりば》

井伏鱒二《いぶせますじ》

二〇一三年一〇月一〇日第一刷発行
二〇二三年 五月一九日第三刷発行

発行者――鈴木章一
発行所――株式会社 講談社
東京都文京区音羽2・12・21 〒112-8001
電話 編集（03）5395・3513
販売（03）5395・5817
業務（03）5395・3615

デザイン―菊地信義
印刷――株式会社KPSプロダクツ
製本――株式会社国宝社
本文データ制作―講談社デジタル製作

定価はカバーに表示してあります。

ISBN978-4-06-290208-3

講談社文芸文庫

講談社文芸文庫

井伏鱒二	還暦の鯉	庄野潤三──人／松本武夫──年
井伏鱒二	厄除け詩集	河盛好蔵──人／松本武夫──年
井伏鱒二	夜ふけと梅の花|山椒魚	秋山 駿──解／松本武夫──年
井伏鱒二	鞆ノ津茶会記	加藤典洋──解／寺横武夫──年
井伏鱒二	釣師・釣場	夢枕 獏──解／寺横武夫──年
色川武大	生家へ	平岡篤頼──解／著者──年
色川武大	狂人日記	佐伯一麦──解／著者──年
色川武大	小さな部屋|明日泣く	内藤 誠──解／著者──年
岩阪恵子	木山さん、捷平さん	蜂飼 耳──解／著者──年
内田百閒	百閒随筆 Ⅱ 池内紀編	池内 紀──解／佐藤 聖──年
内田百閒	[ワイド版]百閒随筆 Ⅰ 池内紀編	池内 紀──解
宇野浩二	思い川|枯木のある風景|蔵の中	水上 勉──解／柳沢孝子──案
梅崎春生	桜島|日の果て|幻化	川村 湊──解／古林 尚──案
梅崎春生	ボロ家の春秋	菅野昭正──解／編集部──年
梅崎春生	狂い凧	戸塚麻子──解／編集部──年
梅崎春生	悪酒の時代 猫のことなど ─梅崎春生随筆集─	外岡秀俊──解／編集部──年
江藤 淳	成熟と喪失 ─“母”の崩壊─	上野千鶴子─解／平岡敏夫──案
江藤 淳	考えるよろこび	田中和生──解／武藤康史──年
江藤 淳	旅の話・犬の夢	富岡幸一郎─解／武藤康史──年
江藤 淳	海舟余波 わが読史余滴	武藤康史──解／武藤康史──年
江藤 淳 蓮實重彦	オールド・ファッション 普通の会話	高橋源一郎─解
遠藤周作	青い小さな葡萄	上総英郎──解／古屋健三──案
遠藤周作	白い人|黄色い人	若林 真──解／広石廉二──年
遠藤周作	遠藤周作短篇名作選	加藤宗哉──解／加藤宗哉──年
遠藤周作	『深い河』創作日記	加藤宗哉──解／加藤宗哉──年
遠藤周作	[ワイド版]哀歌	上総英郎──解／高山鉄男──案
大江健三郎	万延元年のフットボール	加藤典洋──解／古林 尚──案
大江健三郎	叫び声	新井敏記──解／井口時男──案
大江健三郎	みずから我が涙をぬぐいたまう日	渡辺広士──解／高田知波──案
大江健三郎	懐かしい年への手紙	小森陽一──解／黒古一夫──案
大江健三郎	静かな生活	伊丹十三──解／栗坪良樹──案
大江健三郎	僕が本当に若かった頃	井口時男──解／中島国彦──案
大江健三郎	新しい人よ眼ざめよ	リービ英雄─解／編集部──年

▶解=解説 案=作家案内 人=人と作品 年=年譜を示す。 2022年5月現在